KB053453

편지

편지

정태규 창작집

산지니

편지 정태규 창작집

초판 1쇄 발행 2014년 12월 31일

지은이 정태규
펴낸이 강수걸
편집장 권경옥
편집 손수경 양아름 문호영
디자인 권문경 박지민
펴낸곳 산지니
등록 2005년 2월 7일 제14-49호
주소 부산광역시 연제구 법원남로15번길 26 위너스빌딩 203호
전화 051-504-7070 | 팩스 051-507-7543
홈페이지 www.sanzinibook.com
전자우편 sanzini@sanzinibook.com
블로그 http://sanzinibook.tistory.com

ISBN 978-89-6545-278-2 03810

* 책값은 뒤표지에 있습니다.
* 이 도서의 국립중앙도서관 출판시도서목록(CIP)은 e-CIP 홈페이지
(http://www.nl.go.kr/ecip)에서 이용하실 수 있습니다.
(CIP 제어번호 : 2014037160)
* 본 도서는 2014년 부산문화재단 지역예술창작지원사업의
일부 지원으로 시행됩니다.

차례

1부

2부

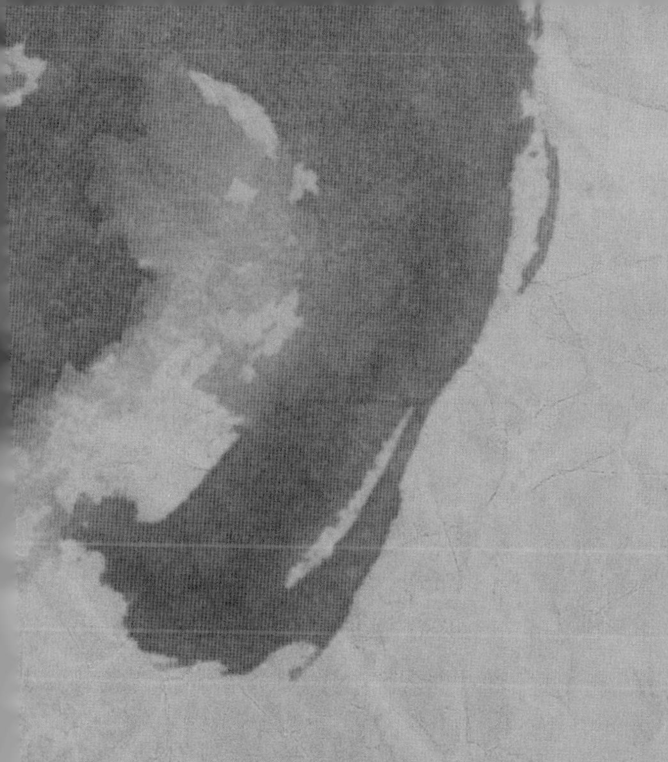

1부

편지

동래읍성(東萊邑城)에 부쳐

그리운 당신, 당신과 헤어진 후 또 수많은 세월이 물같이 흘렀습니다. 그럼에도 당신은 아직도 내 곁에 서서 그 깊고 서늘한 눈매로 내 얼굴을 이윽히 들여다보고 있는 느낌입니다. 어쩌자고 여직도 나는 당신을 떠나보내지 못하고 있는 것일까요. 왜 세월이 갈수록 오히려 당신의 그 조용한 웃음과 가만가만한 목소리가 더욱 간절해지는 것일까요. 어쩌자고….

당신과 헤어진 후 처음으로 이렇게 당신에게 편지를 씁니다. 만약 이 편지가 당신에게 무사히 배달된다면 당신은 또 알 듯 모를 듯한 그 묘한 미소를 떠올릴지도 모르겠군요.

나는 그런 상상만으로도 가슴에 보얀 등불이 켜지는 느낌이랍니다. 그러나 당신과 나 사이에 가로놓인 길이 너무 멀어 이 편지가 당신의 손에 도착하지 못하리란 생각을 하면 가슴이 도로 캄캄해집니다. 나는 정작 당신의 주소도 잘 모르고 있지 않은가요.

갑자기 웬 편지 타령이냐고 눈으로 묻고 있는 당신의 얼굴이 눈에 선합니다. 그래요. 왜 갑자기 당신에게 편지를 쓰고 싶어졌을까요. 그건 다른 사람의 편지를 보았기 때문이랍니다. 그것도 400여 년 전에 어떤 이가 쓴 편지 말입니다. 그 오래된 편지를 읽는 순간 나도 당신에게 편지를 쓰고 싶다는 마음이 불같이 일어나더군요. 들어보실래요? 그 편지에 얽힌 사연을….

내가 부산대학교 어문연구소에 연구원으로 근무하고 있는 것은 아직도 기억하시겠지요. 어제는 희순이가 연구소로 전화를 했더군요. 제 친구 희순이 알죠? 왜 커다란 뿔테 안경을 끼고, 야한 농담을 해놓곤 낄낄대길 잘하던 선머슴애 같은 애 있잖아요. 그 애가 그래 봬도 경남문화재연구원에 학예연구사로 있답니다. 그 애는 요즘 매일 지하철 3호선 공사장에서 두더지처럼 땅을 파고 있다는군요. 무슨 말이냐구요? 동래 로타리 근처의 지하철 공사장에서 공사 도중 옛

동래읍성을 둘러싼 해자(垓字)의 일부가 발견되었어요. 신문에 크게 나기도 했죠. 그래서 현재 대대적인 발굴 작업이 진행되고 있는데 그 애는 그 발굴팀의 일원으로 참여하고 있답니다. 며칠 전에는 전화를 해서 피곤해 죽겠다고 투덜거리더니만 어제는 목소리가 사뭇 흥분돼 있더군요.

"얘, 얘, 숙아, 빅뉴스야. 빅뉴스. 이건 너만 알고 있어야 해. 아직 발표할 단계는 아니라서 말이야. 다른 사람에게 절대 얘기해선 안 돼. 알았지?"

"너한테 빅뉴스가 아닌 게 있니? 또 누가 이혼이라도 했어?"

나는 이 흥분하기 잘하는 친구가 또 무슨 일로 이러나 싶어 심드렁하게 받았죠. 나의 그런 반응에 그 애는 답답해 죽겠다는 듯이 한층 목소리를 높이더군요.

"얘, 얘, 그딴 얘기랑은 차원이 다른 거야. 이건 아카데믹한 이야기라구, 아카데믹."

"무슨 아카데믹씩이나…. 너답지 않게."

"얘, 얘, 네가 잘 몰라서 그러는데 말야. 이건 고고학계에선 엄청난 뉴스거리야. 센세이셔널 그 자체라구. 뭔가 하면 말이야. 햐, 이건 술 한잔 얻어먹고 알려줘야 하는 건데 아깝다. 뭔가 하면 말이야. 아이고, 아까워. 며칠 전에 우리 발굴팀이 해자의 축대 돌 틈에서 조그만 가죽주머니 하나를 발견했지 뭐야. 그걸 처음 발견한 사람의 말에 의하면 말야. 돌 틈 사이가 마른 진흙으로 메워져 있어 그저 그런가 보다 하고 넘어가려 했다는데 말이야. 아무래도 그게 오래전에 사람의 손길이 닿은 모양새더란 거지. 그래서 조심스레 파내어 보았다는 거야. 그랬더니 그 마른 진흙 속에 뭔가 있더란 말이지. 세상에나, 세상에나, 그 진흙 속에 가죽주머니가 들어 있더란 거야. 그것도 거의 완전한 형태로 말이야. 놀랍지 않니?"

"그래서?"

나는 속으로, 발굴을 하다 보면 이것저것 잡다한 물건이 나오기도 하고 그런 거지, 기지배가 별 유난을 다 떤다 싶어 덤덤하게 받았습니다.

"넌 이게 놀랍지 않다는 거야? 아이고 무식하면 용감해져요. 그게 4백 년 전 물건인데도 놀랍지 않어? 무려 4백 년 전, 임진왜란 당시 물건인데도?"

희순이는 내가 놀라지 않는 게 더 놀랍다는 듯이 호들갑을 떨었어요. 나는 그제야 조금 흥미가 동하기 시작하더군요.

"주머니 속에 뭐가 있었는데?"

"왜? 별 관심 없는 것 같은데?"

"너 자꾸 뜸 들이면 전화 끊는 수가 있어."

"기지배, 성질머리하고는…. 들어봐, 들어봐. 이게 진짜 정말 중요한 건데 말이야. 그 주머니 속에서 한글 편지 두 통이 나온 거야. 근데 그 편지가 거의 완전한 형태인 거 있지. 글씨가 좀 번지긴 했지만, 충분히 알아볼 수 있을 정도야. 이건 기적에 가까운 일이야, 기적. 그렇지 않어?"

"무슨 내용인데?"

"그래서 내가 지금 너한테 전화하고 있잖아, 기지배야. 부부 사이의 편지인 건 분명한데 워낙 고어체에다 흘림 글씨라 내용 파악에 시간이 걸리나 봐. 연구원에서 급하게 초벌 해독을 해줄 사람이 필요하다고 해서 이 몸이 널 강력하게 추천했지. 어때, 잘했지? 초벌 해독 그거 아무에게나 맡기는 거 아니다, 너. 대단한 영광인 줄로 알아라. 술 한잔 사야 돼. 알었냐?"

그렇게 생색을 내면서 희순은 원본 편지를 찍은 사진을 파일로 보내주겠다고 하더군요.

저는 부부 사이의 편지라는 바람에 귀가 솔깃해졌습니다. 사백 년 전의 옛날 편지라는 데 대한 전문적인 관심도 컸지만—내 대학원 전공이 15세기 국어학인 건 아시지요?—부부 사이의 편지라는 데 더 마음이 끌렸습니다. 갑자기 당신 생각이 났습니다. 그리고 우리 사이에 편지를 주고받은 적이 있었던가 하고 곰곰이 기억을 더듬어보았습니다. 한데 거짓말처럼 우리는 여태껏 편지를 주고받은 적이 한 번도 없더군요. 하긴 전화와 메일이 이처럼 발달한 세상에서 누가 편지를 쓰겠습니까만, 아쉬운 맘이 들었어요. 당신의 필체로 직접 쓴 편지가 한 통이라도 남아 있었다면 얼마나 좋았을까요.

아무튼 저는 희순에게 파일을 빨리 보내라고 오히려 재촉해댔습니다. 희순은 그럴 줄 알았다는 듯이 득의만만해서 거듭 술 사라는 다짐질을 놓더니만 몇 시간 뒤에 파일을 보냈더군요. 저는 무엇에 쫓기듯이 급하게 파일을 열었답니다.

파일은 수십 장으로 되어 있었습니다. 한지에 접이식으로 된 편지는 화학처리를 했다는 설명에도 불구하고 전체적으로 빛이 바래고 군데군데 바스라진 부분과 먹이 탈색되어 글씨의 흔적만 남아 있는 곳도 있었지요. 사진은 한 페이지씩 찍은 것과 두 줄씩 가로로 찍은 것이었습니다. 희미하거나 알아보기 어려운 글자는 한 글자씩 확대하여 촬영했더군요.

편지의 겉봉은 발견되지 않았는지 발신인과 수신인의 인적사항은 전혀 알 길이 없었습니다만, 얼핏 보아도 아내의 편지와 거기에 대한 남편의 답신인 걸 알겠습디다. 아내의 편지 글씨는 곱고 단아했습니다만, 흘림체여서 쉽게 알아보기 어려운 곳도 있었습니다. 저는 고어사전을 꺼내놓고 한 단어씩 풀어나가기 시작했지요. 제가 풀이한 것이 정확하다면, 아내의 편지는 이렇게 시작하고 있었습니다.

'학이 아버지, 당신이 집에 다녀가신 지 벌써 두 달이 흘렀습니다. 오늘 낮에 동래부 관속 이모(李某)가 당신 서간을 지니고 찾아와 얼마나 놀랍고 반갑던지요. 당신을 본 듯 정신이 혼미했답니다. 금방 읽고 싶었지만 식구들 앞이라 짐짓 무심한 척하느라 혼이 났었지요. 식구들이 모두 잠든 지금에야 희미한 등잔 아래에서 설레는 마음으로 당신 편지를 읽습니다. 당신이 쓴 글자 한 자 한 자가 제겐 너무 소중합니다. 그래서 당신 글씨를 손으로 어루만지며 읽었답니다. 그러다 보니 또 감정이 격해져 울 뻔하였지요. 그렇게 마음이 여려서 어떻게 사누 하고 당신이 걱정하는 소리가 들리는 듯해요. 그래도 당신 앞에선 전 여린 사람이고 싶어요.'

여기까지 해독하는 데도 몇 시간이 걸렸습니다. 고어사전을 뒤적이며 끙끙거려서 겨우 풀이해냈지만, 풀이한 내용을 다시 읽으며 나도 울 뻔하였답니다. 지아비를 그리워하는 한 지어미의 마음이 절절히 가슴에 와 닿아서일까요. 그건 아마 400여 년 전 한 지어미의 마음이 시공을 초월하여 제 가슴에도 고스란히 되살아났기 때문이겠지요.

'학이 아버지, 아버님, 어머님 두 분 모두 건안하시옵고 무탈하시옵니다. 선이 아기씨는 양촌 마을 유씨 집안과 혼담이 오가고 있습니다. 우리 학이는 이제 옹알이를 시작하였고 방바닥에 배를 대고 기어 다니게 되었답니다. 학이 눈매가 클수록 당신을 닮는 것 같아 전 그게 무척이나 흐뭇하지요. 일전에 인편으로 보낸 평복 두루마기는 품이 잘 맞는지 궁금합니다. 다른 덴 무심한 양반이 동정 마름새엔 까탈스러운 그 성미를 생각하면 속으로 웃음이 나지요. 무슨 남자가 그래요. 끼니 섭취가 어떠한지 그게 늘 시름이어요. 주인 할멈이 손끝이 맵다니 퍽 걱정은 덜었습니다만, 내 손으로 장만하지 못하니 맘이 모자라요. 학이 아버지, 새벽에 때때로 당신 기침소리를 듣고 잠이 깨어요. 그럼 밤사이 당신이 왔나 하고 부리나케 마당엘 나서보아요. 아무도 없는 마당을 보고 꿈속에 들은 소리에 또 속았구나 하고 혼자 부끄러워요. 그래도 얼마나 서운하던지요. 당신은 그렇지 아니한가요. 나만 그러한가요. 학이 가지고 입덧할 때 식구들 몰래 부엌에 들어와서 내 손에 가만히 쥐어주었던 자두 두 알이 지금도 생각나지요. 그럴 때마다 가슴이 벅차올라 어쩔 줄 모른답니다. 무뚝뚝한 양반이 그런 얄망스런 데가 있는 줄 그땐 깜짝 놀랐지요….'

편지는 거기서 그쳐 있었습니다. 그 이후론 습기가 먹고 글씨가 번져 도무지 알 수 없다는 희순이의 설명이 첨부되어 있었습니다. 거기까지만 읽고도 나는 가슴이 먹먹하여 한동안 모니터만 멍하니 바라다보았어요. 사랑하는 이를 생각하는 여자의 마음이 400년 전이나 오늘날이나 어찌 그리 토씨 하나 틀리지 않고 똑같은지…. 나는 다시 남편의 답장을 풀이해나가기 시작했습니다.

'그저께 관속 이모(李某)가 당신의 서간을 전해주었소. 당신과 식구들 모두 무탈하다니 그런 다행이 없소. 읽은 후 곧 답장을 쓰려 했으나, 그럴 수가 없었소. 그저께 밤에 황령산 봉수대에 봉화가 올랐소. 왜구들이 큰 무리를 지어 몰려와 부산성을 공략 중이라고 하오. 왜

선들이 부산포 앞바다를 까맣게 덮었고 왜구의 수는 이루 헤아릴 수가 없다 하오. 송 부사 나으리가 급히 군관과 병사를 사열하고 백성들의 동요를 막고자 동분서주하였으나 무섬증으로 울부짖는 아녀자들의 참상이 성중에 가득하였소. 어제는 기어코 부산진성이 함락되었다는 파발이 왔소. 그리고 오늘이라오. 이미 도적떼들이 남문 다리를 건너 농주산에 진을 치고 성을 둘러싸고 있소. 도적의 깃발과 창검이 숲을 이루고 기괴한 함성과 군마의 울음소리가 천지를 덮었소. 적이 공격을 개시하기 전 촌음을 빌려 급히 당신에게 서신을 남기오. 이 서신이 당신에게 전해지길 간절히 바라지만 기약은 하지 않으려오. 어제 밤 송 부사 나으리와 모든 군관이 한 잔 술로 맹세하였다오. 대장부 한 목숨 나랏님을 위해 바치는 것도 아깝지 않다고. 내 군관의 몸으로 아끼는 군졸들과 함께 도적과 싸우다 죽을지언정 경상좌병사 이각 놈처럼 도망가지는 아니할 것이오. 다만 당신의 가만가만한 눈매를 볼 수 없고, 그 속삭이는 낮은 목소리를 들을 수 없고, 그 부드러운 몸매를 다시 안을 수 없는 것이 한스러울 뿐이오. 학이를 잘 부탁하오.'

당신 상상할 수 있나요. 죽음을 앞두고 사랑하는 여인에게 전해질 수도 없는 편지를 쓰는 400년 전 한 사내의 심정을. 그리고 그는 아내의 편지와 자신의 답신을 주머니에 넣어 가슴에 품고 적과 싸우다가 죽음이 임박한 순간 마지막 남은 한 가닥 힘으로 그걸 진흙덩이에 싸서 축석 사이에 끼워 넣었겠지요. 그 애틋한 마음이 지금 제 가슴을 칩니다. 당신도 그러하였나요. 출장길 교통사고로 병원에 실려 가면서 또 수술실로 들어가면서 그 혼미한 정신 속에서도 내 생각을 하셨나요. 전 그랬으리라 믿습니다. 그곳엔 우체국이 없어서 이 편지를 부칠 수가 없습니다. 담에 이 세상 삶 다 산 후에 내가 직접 가지고 갈게요. 우리 그때 함께 손잡고 400년 전 그 부부를 찾아가 봐요. 그 부부도 그곳에서 다시 만나 살갑게 사랑하며 살고 있겠지요. 그때까지 잘 있어요.
당신의 아내가.

3일간 三日間

나는 후대에 선조(宣祖)라고 불리는 임금 재위 2년(기사년)에 태어나, 25년(임진년)에 몰(沒)한 혼령이다. 그러니까 나는 400여 년 전에 죽은 사람이다. 죽은 나의 영혼은 지난 400여 년 동안 명부(冥府)에 들지 못하고 중음신(中陰神) 신세로 중천을 떠돌았다. 중천의 하늘은 쓸쓸하고 황량했다. 그 오랜 세월 동안 나의 잠은 불안했고 나의 거소는 음습했다. 나는 오래 외로웠고 항시 설움을 탔다.

내가 구천(九泉)에서의 안락한 영면을 포기하고 무주고혼으로 유리표박(琉璃漂迫)하게 된 것은 무슨 대단한 연유에 기인하는 것이 아니다. 오히려 대략 다음과 같은 지극히 개인적인 까닭에서이다. 우선은 나의 죽음 자체가 스스로 되돌아보아도 원통하고 가련타 하지 않을 수 없으며, 나의 유골 또한 변변한 장례의 위안을 받지 못한 채 영겁의 세월 동안 어둠의 심연 속에 방치되어 있었음이다.

나의 혼을 그 오랜 무명의 시간으로부터 이승으로 다시 소환한 것은 처음엔 수중에 버려졌다가 이윽고 땅에 매몰돼 잊혔던 나의 유골이 이 땅의 후손들에 의해 그 두터운 암흑을 털어내고 다시 햇빛을 보게 되었음에 기인한다. 이로 인해 나는 다시 인간의 언어로 이렇게 내 이야기를 넋두리하고 싶은 염을 가지게 되었다. 나의 원통함이 단지 개인적인 망집에서만 비롯한 것이 아니라 이 땅을 살다 갔거나 또 살고 있는 모든 사람들 살이〔生〕의 기미(機微)를 함의하고 있음을 밝히고 싶기도 하다.

내가 태어난 곳은 합천 남쪽 40여 리쯤 되는 백양(白楊)마을이다. 백양은 남강(南江) 상류 계곡에 자리 잡은 마을이다. 북으로는 아등재, 동으로 삼성산, 남으로 자굴산이 둘러싸고 있는 궁벽한 산간 마을에 지나지 않았지만 세 골짜기에서 흘러나온 개울이 하나로 합수하는 춘풍수(春風水)를 중심으로 제법 너른 들이 펼쳐져 있어 그 땅에 기대 사는 사람들에게 입성이나 곡식을 대기에는 크게 부족함이 없었다.

십여 호 되는 가구가 옹기종기 어깨를 맞대고 있는 마을은 구성원 거개가 초계(草溪) 정씨 족중(族中)인 집성촌이었다. 족인(族人)들 사이에는 양반 성씨라는 자부심이 대단했지만 최근 몇 대조에 걸쳐 큰 벼슬한 선조를 배출하지 못한 관계로 이제는 한미하고 보잘것없는 집안으로 몰락한 중농(中農) 마을에 불과했다. 게다가 당시 가장 빠른 출세의 수단이며 단번에 집안을 영화로운 문중으로 일으켜 세울 방편이었던 과거 급제를 위하여 문중의 자제들에게 수학(修學)을 강요하거나 훈도하지는 않았다. 공맹의 군자지도(君子之道)를 익히기 위해 서당에 가는 것을 말리지는 않았지만 과거를 위해 글공부하는 것을 탐탁지 않게 여기는 분위기였다.

당시 반가(班家)의 일반적인 훈육 방식과는 사뭇 어긋나는 이러한 문중 분위기는 큰 벼슬을 살았던 몇 대조 할아버지의 유언에서 유래하였다고 한다. 연산조의 기묘사화에 억울하게 연루되어 처형된 그 할아버지는 자기를 무고한 사람이 가까운 족척(族戚)임을 알고 벼슬살이에 대한 빼저린 환멸을 느낀 나머지 '너희가 멸문지화를 면하거든 자손들에게 절대 벼슬하지 말고 글공부도 하지 말도록 가르쳐라.'라는 유언을 남겼다고 한다. 겨우 살아남은 자손 하나가 이 백양에 숨어들어 일가를 이룬 후에도 그 유언은 대대로 전해져 왔다고 하니 아주 이해하지 못할 바도 아닐러라.

그런 집안의 기운 탓이었는지 나는 일찍이 학문과 문아(文雅)에 취미를 가지지 못하였다. 『천자문』, 『명심보감』을 거쳐 고작 『소학』과 『십구사』에 이르러 수학을 아예 작파해 버린 것이 열다섯 나이다. 이후로 다시 서책을 가까이한 적이 없으니 오늘날 나의 미련함과 완매(頑昧)함은 이로 말미암음이라. 오호 통재라.

나의 통탄은 성인의 말씀을 지주 삼아 입신과 영달의 꿈을 이루지 못한 데 대한 때늦은 후회가 아니라 다만 세상의 일을 분별함에 있어 그 명쾌한 준거를 마련하지 못한 어리석음에 대한 자탄에 지나지 않는다. 애초에 입신양명에 뜻이 없었던 것은 집안의 관직에 대한 냉소적 태도뿐만 아니라 나의 타고난 천성 탓이었다.

나의 양친께서는 부부 금슬이 유난히 좋으셨다. 아버님은 말수가 적긴 했지만 매우 성실하고 점잖은 농사꾼이었고 어머님은 식구들 일이라면 그저 지극정성으로 챙기고 다독이는 소심하고 정 많은 여인네였다. 자식에 대한 자친(慈親)의 사랑은 자애(慈愛)를 넘어 거의 익애(溺愛)의 지경에 이르렀다. 특히 장남인 나에 대한 어머님의 자별은 부친에 대한 그것에 버금갈 정도였다. 세 살 터울로 남동생 준연이 있고 또 거기서 네 살 터울로 막내 여동생 수연이 있었다. 어린 수연은 온 식구들의 귀염둥이로 제법 자라서까지 어리광을 피우던 게 기억난다.

애재라. 그들은 다 어디로 갔나. 몇백 년이 지나도 기억은 이토록 생생한데 그들의 혼령과도 한 번 조우하지 못하고 중천을 떠도는 이 고단한 죽은 자의 삶이여.

내가 서책을 멀리하게 된 데에는 밀암(密岩) 선생을 사부로 모시게 된 인연과도 무관하지 않다. 밀암 선생을 처음 뵌 것은 삼가 장터에서다. 그날은 무슨 일인진 기억나지 않으나 같은 족인이며 동갑내기인 석연과 장터 구경을 나섰다.

석연은 문중 동항 중에 유난히 뜻이 잘 맞는 친구였다. 그도 글공부엔 뜻이 없는 터라 둘은 곧잘 서당을 빼먹고 원행을 다녔다. 그래 보았자 장터 구경을 나오거나 자굴산을 오르는 게 고작이었지만.

우리는 별 할 일도 없이 펼쳐진 전방들을 여기저기 기웃대며 돌아다녔다. 사당패들의 재주넘기와 광대놀이를 구경하고 엿을 사 먹기도 하고 씨름판을 구경하기도 했다.

"싸움이 났다!"

국밥집을 나서는데 사람들이 어딘가로 몰려가고 있었다. 나와 석연은 사람들보다 앞서 달렸다. 싸움구경보다 재미난 것이 어디 있으랴. 그걸 놓칠 수는 없었다.

박물전 앞이었다. 덩치가 산만 하고 험상궂게 생긴 사내 서넛이 어떤 사내 하나를 에워싸고 있었다. 사내들은 망건 없이 상투를 틀고 감물 들인 바지저고리에다 감발을 한 행색으로 보아 장터마다 진을 치고 있는 각다귀패거나, 아니면 보부상단을 따라다니며 험한 일을 처리해주는 건달패들일 게 분명했다. 패거리들의 얼굴에는 하나같이 벌겋게 주기가 올라 있었고 눈에는 표독스런 살기가 등등했다.

그들에 둘러싸인 사내는 잿빛 두루마기 차림에 삿갓을 쓰고 죽장을 짚었다. 키가 훌쩍 크고 몸피는 다소 말라 보였다. 사내는 범강 장달 같은 사내들에 에워싸이고도 조금도 주눅 든 기색 없이 당당하게 서 있었다. 그의 발 앞에는 이미 패거리 중의 하나로 보이는 사내가 쓰러져 있었다. 어디를 어떻게 맞았는지 아예 혼절하여 넉장거리로 나가떨어져 있었다. 삿갓 사내의 뒤에는 처자 하나가 오들오들 떨고 있다. 형세를 보아하니 나가떨어진 놈이 혼자 장 보러 온 처자를 희롱하다가 삿갓 사내의 제지를 받자 덤벼들었다 급소를 맞고 쓰러졌고 이를 본 패거리들이 우르르 합세한 모양이다.

"어디서 굴러먹던 개뼈다귄지 모르겠지만 오늘이 네놈 제삿날인 줄 알아라."

패거리의 우두머리쯤 돼 보이는 사내가 씹어 뱉듯이 으르렁거렸다. 삿갓 사내는 말없이 삿갓을 벗어 발밑에 놓았다. 검은 수염이 무성한 중년의 얼굴이 드러났다. 그의 눈빛은 조금의 흔들림도 없이 담담했다. 기다렸다는 듯이 패거리 중의 하나가 벼락같이 달려들었으나, 다음 순간 비명을 지르며 머리를 싸쥐고 나뒹군 것은 패거리 사내였다. 삿갓 사내가 슬쩍 한 발짝 옆으로 피하며 지팡이를 그저 들었다 놓았을 뿐인데 상대는 이미 쓰러져 있었다.

이를 신호로 나머지 패거리들이 한꺼번에 삿갓 사내를 향해 육박해 들어갔다. 그때 나는 평생 잊지 못할, 인간이 만들어낼 수 있는 가장 아름다운 동작을 보게 된다. 삿갓 사내는 한 걸음 물러났다가 죽장을 앞으로 뻗어 찔렀다가 반 바퀴 옆으로 돌면서 위로 쳐올렸다. 곧이어 뛰어오르며 내려치고 착지와 동시에 수평으로 휘둘렀다. 전광석화처럼 이루어진 이 일련의 동작으로 인해 패거리들은 목을 싸쥐고 뒹구는가 하면 사타구니를 움켜쥔 채 펄쩍펄쩍 뛰기도 하고 어깨를 부여잡고 고꾸라져 새우처럼 허리를 접고 벌벌 기었다. 군중들 사이에서 탄성이 절로 흘러나왔다. 삿갓 사내의 몸놀림은 눈 깜짝할 사이에 일어났지만 한 치의 군더더기도 없이 물 흐르듯 이루어졌다. 천의무봉(天衣無縫)이란 문약한 문사(文士)들의 시문에만 어울리는 말이 아니었다. 삿갓 사내의 지팡이 쓰는 솜씨야말로 그 말에 가장 잘 어울려 보였다.

나는 큰 충격을 받았다. 그건 석연도 마찬가지였으리라. 이건 뭔가. 이 아름다움은 대체 뭐라 이름해야 하나. 그건 열다섯 나이까지 한 번도 접해보지 못한 세계였다. 내가 읽은 서책의 어느 귀퉁이에도 언급되지 않은 아름다움이었다.

패거리들이 앓는 소리를 내면서 다리를 절룩이며 기다시피 물러가자 그 사내는 아무 일 없었다는 듯 벗어둔 삿갓을 다시 쓰고 걸음을 옮겼다. 봉변을 당할 뻔한 처자가 다가와 고개를 꾸벅이며 인사를 했지만 그는 간단히 손을 들어 보이곤 걸어가 버렸다. 구경꾼들도 흩어져 갔다. 나와 석연은 누가 먼저랄 것도 없이 그의 뒤를 따라가기 시작했다.

그날 그를 쫓아가 제자로 받아주길 간청했지만 그는 양반댁 도령들은 글공부에나 힘쓰라며 들은 척도 하지 않았다. 그날 우리가 얻은 수확이라면 그가 자굴산 아래에 자리 잡은 도솔사의 한 암자에 머물고 있고 밀암거사라 불린다는 사실 정도였다.

그 이튿날로 석연과 나는 당장 거처를 도솔사로 옮겼다. 집에는 글공부를 한다는 핑계를 대기로 입을 맞추었다. 마침

도솔사의 주지스님이 문중 출신이라 일이 훨씬 수월했다.

매일 암자로 찾아가 문하로 받아주기를 간청하였으나 밀암의 거절은 완강했다.

"말과 글이 더 무서운 것이야. 칼보다 말이 더 많은 사람을 죽이는 세상에 고작 불량배 무리를 쫓는 데 소용될 뿐인 기예를 배워 무엇 하려느냐. 이 어리석은 놈들아."

그런 말로 움쩍도 않던 밀암도 달포 넘도록 끈질기게 졸라대는 우리의 미련함에 혀를 끌끌 차며 마침내 사제의 연을 허락했다. 그렇게 밀암은 우리의 스승이 되었고 석연은 나의 도반이 되었다. 오래고 고된 연마와 단련의 세월이 뒤따랐다. 밀암은 이놈들아, 어디 견뎌보아라는 듯 새벽부터 밤중까지 혹독하게 몰아쳤다. 우리가 견디지 못하고 도망치기를 바랐는지도 모른다.

그러나 우리는 무려 7년 동안 그 극한의 고통을 견뎌냈다. 나중엔 밀암마저 미련하고 지독한 놈들이라며 두 손을 들 지경이었다. 한 가지 일에 모든 정열을 다 바쳤던, 힘들지만 행복했던, 되돌아보면 짧은 내 일생에 있어 가장 빛났던 시절이다.

칼을 쓰고 활을 쏘고 창을 놀리는 우리의 재주가 밀암 사부의 흉내를 겨우 내게 된 것은 우리 나이가 스물두 살이 되던 해다. 우리가 지방시(地方試) 무과(武科)에 나란히 급제한 것도 그 무렵이다. 벼슬살이를 반기지 않는 문중의 거리낌을 알면서도 과거에 임한 것은 개도 쳐다보지 않을 하급 무관직을 위해서가 아니었다. 한평생 농사를 지으며 문중 땅을 지키고 살기엔 세상에 대한 우리의 호기심이 너무 컸다. 우리는 보다 큰 세상을 구경하고 싶었다.

그것도 관직이랍시고 교서를 받은 우리는 처음으로 헤어지게 되었다. 나는 동래부의 훈련군관으로, 석연은 경상좌병영 소속 군관으로 발령이 났기 때문이다. 우리는 백양마을을 하직하고 함께 오래 걸어서 동래읍성에 도착했다. 남문 앞 주막에서 막걸리 한 잔을 이별주 삼아 우리는 헤어졌다. 석연은 좌병영이 설치된 울산성까지 다시 길을 나섰다.

동래읍성의 군영 생활은 평온했다. 자주 출몰했다는 왜구들도 그 즈음엔 뜸했고 군영에서도 별일이 없었다. 가장 큰 사건이라면 내가 장가를 들었다는 것 정도일까.

군관생활을 시작한 지 한 해가 다 된 이듬해 가을에 나는 백양마을로 불려가 혼례를 올렸다. 얼굴도 한 번 본 적 없는 새색시는 삼가현에 사는 은진 송씨 집안의 음전한 규수라고 했다. 색시는 뜻밖에도 자색이 고왔다. 게다가 나직나직한 목소리와 단정한 행동거지가 마음에 꼭 들었다. 색시를 데리고 동래로 돌아왔을 때 동료 군관들이 다시 잔치를 열어줬다. 성내(城內)에 단출한 초가를 얻어 신혼집을 차린 나는 아내를 깊이 사랑하게 되었고 행복했다. 아아, 그 시절로 한 번만이라도 다시 돌아갈 수 있다면….

이제 나는 내 생의 마지막 삼 일간(三日間)을 이야기해야겠다. 내 통분과 포원으로 점철된 그 삼 일간의 행적을.

임진(壬辰)년 사월 열사흘 술시(戌時).

동래(東來)읍성의 모든 장졸들에게 비상동원령이 떨어진 것은 부산진성으로부터 파발꾼이 황급히 들이닥친 직후였다. 남문 누각에 걸린 큰북이 요란하게 울리기 시작했고, 그 위에 뿌우거리는 나각(螺角) 소리가 얹혀 성내 가득 퍼져나갔다. 전령 사령들이 불 맞은 거미 떼처럼 사방으로 뛰어다녔다. 퇴영하여 귀가하던 나는 깜짝 놀라 군영으로 돌아갔다. 즉시 투구를 쓰고 찰갑을 입고 환도를 한 손에 쥔 채 남문으로 내달렸다. 군영 앞마당과 각 성문 누각 뒤에는 병사들이 모여들기 시작했고 인원을 점검하는 군관들의 목소리가 높아졌다. 남문에는 별조방군(別助方軍)까지 점호를 취하고 있었다. 나는 동료 군관에게 무슨 일이냐고 물었다. 그가 전해준 파발의 내용은 예상보다 훨씬 심각했다.

오후 늦게 수백 척의 왜선이 쳐들어와 절영도와 부산포 앞바다를 새까맣게 뒤덮었다는 것이었다. 왜적의 일부는 이미 상륙하여 부산진성 앞에 진을 쳤다고 했다. 그 수가 워낙 많아 짐작조차 할 수 없으나 어림잡아도 삼사 만은 족히 되리란 것이었다. 겨우 천여 명이 지키고 있는 부산진성이 함락되는 것은 시간문제라고 했다.

군사를 성벽에 배치한 후 모든 비장들과 군관들은 다시 군영으로 모였다. 투구와 갑옷을 갖춰 입은 송 부사가 군영의 대청마루 끝에 서서 도열한 군관들을 내려다보았다. 횃불 아래에 송 부사의 얼굴은 창백하게 빛나고 그림자는 크고 깊었다.

"…도적의 형세가 뜻밖에도 사나우니 성을 비우고 물러나 후일을 도모하자는 논의도 있었다. 그러나 이 성을 도적에게 넘겨주고 도대체 어디서 어떻게 싸우자는 것이냐. 본관은 절대 그렇게 할 수 없다. 이 성의 풀 한 포기조차 더러운 왜구의 손에 닿게 할 수 없음이다. …내 이미 나랏님의 큰 은혜를 입은 몸, 도적과 싸우다 죽을지언정, 목숨을 보전코자 달아나지는 않겠다. 내가 살 자리도 여기요, 내가 죽을 자리도 여기다. 그대들도 그러한가? 대답하라. 그대들도 과연 그러한가?"

짧고 굵은 대답에 이어 큰 함성이 오래 군영 안을 흔들었다. 횃불이 바람에 거세게 타오르고 그림자들도 따라서 일렁거렸다. 출정주가 한 잔씩 내려졌다. 모두들 독한 술을 독하게 가슴에 간직하고 각자의 위치로 흩어져갔다. 김 비장이 나에게 다가와 부사 어른이 찾으신다고 전한 것은 그때였다. 내가 앞으로 나아가 예를 갖출 때까지도 송 부사는 여전히 대청마루 끝에 꼿꼿이 선 채 나를 지그시 내려다보고 있었다.

"학연아!"

"예. 사또 나으리."

머리를 조아리고 하명을 기다렸으나 송 부사는 어쩐지 말이 없었다.

"네 나이가 올해 몇인고?"

한참 동안 학연을 내려다보던 송 부사가 뜬금없이 나이를 물었다.

"스물넷이옵니다."

"혼례를 치른 지 이제 여섯 달째라구?"

"예. 그러하옵니다."

"식솔이 성중에 기거하느냐?"

"예. 사또."

송 부사는 그러고 또 한참 말이 없다가 돌아서며 말했다.

"가거라. 집에 가서 식솔과 작별하고 오너라. 내일 새벽 일찍 남문으로 와 나를 도와라."

"하오나, 사또…."

"다녀오너라. 어차피 적은 내일이나 모레 당도할 것이다. 다행히 부산진성의 정 첨사가 버텨준다면 더 늦을지도…."

송 부사의 목소리가 우렁우렁 대청마루를 건너왔다.

사월 열나흘 인시(寅時).

고향인 백양 마을이다. 고샅길을 접어들자 고향집이 보인다. 어머니, 아버지는 청마루에 앉았고 동생 준연과 수연은 평상에서 놀고 있다. 반가워서 어머니, 아버지를 소리 높여 부른다. 그런데 왠지 어머니, 아버지는 들은 척을 않는다. 준연아, 수연아! 동생들도 마찬가지다. 이쪽으로 한 번 쳐다보지도 않는다. 안타까운 마음에 사립문을 밀쳐보지만 그것마저 꼼짝을 하지 않는다.

어느 들판이다. 저쪽 끝에서 누군가 걸어온다. 자세히 보니 밀암 사부다. 사부의 얼굴은 웬일인지 온통 피에 젖어 있다. 더구나 나를 향해 무서운 얼굴로 다가오더니 칼을 빼들고 휘둘러댄다. 아아, 달아나야 한다. 그러나 다리가 말을 듣지 않는다. 새파랗게 날 선 칼이 마침내 나를 벤다. 아악!

어지러운 꿈속을 헤매다 나는 소스라쳐 깨어났다. 방 안에는 희붐한 새벽빛이 찾아와 있었다. 아내는 머리맡에 석상처럼 앉아서 내 얼굴을 내려다보고 있었다. 나도 모르게 잠든 사이에 내내 그러고 있었던 모양이었다. 몸을 일으키자 아내는 그제야 일어나 방문을 열고 부엌으로 향했다.

우물가에서 소세를 마치고 들어와 의관을 차리자 아내가 아침상을 들여왔다. 밥 먹기를 마치도록 둘 사이엔 아무런 말이 없다. 아내는 밥 한 술 뜨지 않은 채 상머리에 앉아 있었다. 열일곱, 아직 앳되고 어린 이마와 아미가 그린 듯이 조용히 숙여져 있었다. 아내의 얼굴은 무표정한 것 같기도 하고 슬픈 듯도 하다.

여섯 달 전, 혼례를 올리고 난 후, 동료 군관들은 틈만 나면 늙은 총각 놈이 무슨 복으로 저런 어여쁜 색시를 얻게 되었느냐고 놀려댔다. 그때마다 나는 속없는 놈처럼 싱글벙글 웃었다.

일부러 아내의 얼굴을 외면한 채 묵묵히 밥그릇을 비워갔다. 밥맛이 소태처럼 썼다. 상을 물리고 찰갑을 입고 있을 때, 아내가 수건 한 장을 내밀었다. 흰 비단 수건이다.

"지난봄에 앞집 울 너머에 핀 매화가 예뻐 보여서…."

펼쳐 보자 흰 바탕에 검은 가지 위로 붉은 홍매화 몇 송이가 수놓아져 있다. 나는 수건을 접어 찰갑 안에 집어넣었다. 가슴이 아려왔다.

"꽃이 자네처럼 어여쁘니 내 오래오래 간직하리다."

아내의 얼굴을 내려다본다. 아내의 얼굴이 홍매화보다 더 붉게 물들어 있다. 아내는 고개를 들어 내 눈을 바라보았다. 그녀의 눈에 눈물이 그렁그렁 고여 있다. 나는 아내를 와락 끌어안았다. 찰갑 위로도 그녀의 몸피가 확연히 느껴졌다. 갑자기 지난밤에 안았던 그녀의 알몸을 다시 안고 싶다는 강렬한 충동에 휩싸였다. 그러나 지금은 가야 할 때다. 아내를 품 안에서 풀어주고 투구를 찾아 쓰고 환도를 요대에 찼다.

"내 다녀오리다."

사립문까지 따라 나온 아내를 향해 돌아서서 나는 평소처럼 심상하게 말했다. 그제야 아내의 저고리에 걸려 있는 은장도가 눈에 들어왔다. 그것이 뭘 의미하는지 깨닫자 깊은 통증이 다시금 가슴을 뚫고 지나갔다.

"쉬 다녀오시…."

아내의 대답은 터져 나오는 울음에 억눌렸다. 손으로 그녀의 눈물을 지워주고 잠시 들여다본다. 이 얼굴을 다시 볼 수 있을까. 그러고 나는 돌아섰다. 내 뒷모습을 하염없이 지켜보고 있을 아내의 시선을 느끼며 골목을 걸어 나왔다. 돌아보지 않으리라. 이를 악물고 걸음을 빨리 했다. 길에는 떨어진 감꽃들이 즐비하다. 결코 돌아보지 않으리라. 나는 길모퉁이를 돌아 남문을 향해 달음박질치기 시작했다.

동일(同日) 오시(午時) 이후.

적은 송 부사의 예상보다 훨씬 빨리 왔다. 오시(午時)가 다 가기 전에 부산진성이 함락당했다는 탐후병의 보고가 날아들었다. 새벽부터 적의 공성(攻城)이 시작되어 부산성의 모든 군관민이 필사적으로 싸웠지만 중과부적이었다고 했다. 특히 조총이라는 왜군의 신식무기를 당해낼 수 없었다는 것이다.

탐후병이 달려온 지 두 식경이 되기 전에 적의 선발대가 온천천 다리를 건너와 남문 앞 농주산에 진을 쳤다. 기괴한 투구와 갑주를 걸친 왜적들은 때때로 알지 못할 고함을 질러댔고 군마들의 울음소리가 끊이지 않았다. 적의 기치들이 숲을 이루고 펄럭였다. 밤이 되자 적의 진지는 조용해졌고 여기저기 빨간 화톳불이 피어났다. 불안한 대치(對峙)의 밤이 깊어갔다.

사월 열닷새 진시(辰時).

경상좌병사 이각, 양산군수 조영규, 울산군수 이언성이 군사를 이끌고 북문을 통해 입성했다. 지원군이 도착하자 동래성 군사들이 환호했다.

나는 좌병영 군사들이 성에 들어왔단 소리에 석연을 생각했다. 그를 찾고 싶었지만 성벽을 떠날 수 없었다. 한데 석연이 먼저 나를 찾아 남문으로 왔다. 우리는 보자마자 서로를 얼싸안았다. 석연은 얼굴이 햇빛에 그을고 몸피가 더욱 단단해진 듯했다.

"우린 아무래도 같은 땅에서 태어나 같은 땅에서 같이 죽을 운명인가 봐."

한바탕 서로의 안부를 묻고 나자 석연이 농을 하듯 말한다.

"죽긴 왜 죽냐. 저까짓 왜놈들 나 혼자서도 다 쓸어버리겠구만."

"네놈 허풍은 입장가 해도 안 고쳐지나 보다. 이놈아."

그러고 둘은 껄껄 웃었다. 웃음 끝에 우리는 성벽 저편 왜군 진지를 바라보았다. 처음으로 두렵다는 마음이 들었다.

"백양엔 언제 다녀왔나?"

나는 아까 물어본 말을 또 물었다.

“저번 달에…. 밀암 사부가 뵙고 싶군. 그때 못 뵈었거든….”

그건 나도 마찬가지였다. 정말 간절하게 사부가 그리웠다.

동일(同日) 사시(巳時).

“더러운 놈. 제 목숨 아깝지 않은 사람이 어딨나. 제 놈만 살고 우린 죽으라는 게지.”

석연이 자기 부대로 돌아가고 나서 얼마 지나지 않아 김 비장이 동헌을 다녀와선 분을 참지 못했다. 동헌에서는 수령들의 회의가 열리고 있었다.

“무슨 일입니까?”

“좌병사 이각이란 놈 말이야. 이 판국에 자기 군사들만 빼내 성을 나가겠다는군.”

“아니, 안 그래도 군사들이 모자란 판에…. 도대체 왜 그런답니까?”

“성 밖에서 지원을 하겠다는데, 지원은 개뿔, 핑계지 뭐. 혼자 도망가려는 뻔한 수작이야. 좌병사란 작자가… 비겁한 놈.”

김 비장은 더욱 분통을 터뜨렸다.

잠시 후 전령이 와 좌병영 군사들이 북문으로 출성하고

있다고 알렸다. 나는 다시 석연을 생각했다. 석연도 본대를 따라 성을 벗어났을 것이었다. '그래 너라도 살아남아라. 하나라도 살아야지.' 이상한 안도감 같은 게 가슴으로 밀려들었다.

한데 한 식경쯤 지나 석연이 혼자 남문에 나타났다.

"너, 너 여기서 뭐하는 거냐? 좌병사 따라 가지 않았어?"

내가 놀라서 묻자 석연은 천연덕스럽게 씩 웃었다.

"탈영했다. 너 혼자 두곤 못 가겠더라. 차라리 안 봤으면 몰라도… 동생 같은 놈이 당최 마음이 안 놓여서 말이야."

녀석은 농을 했지만 나는 녀석의 등짝을 후려쳐주었다.

"이 미련한 놈아. 이 곰 같은 놈아. 여기가 어디라고 다시 기어들어 와…."

동일(同日) 신시(申時).

오시(午時)에 적의 본대가 도착하여 성을 포위했다. 어마어마한 숫자였다. 성벽 주변 어디를 둘러보아도 적의 깃발만 펄럭이고 적의 창검만 빛났다. 그리고 신시(申時) 초입에 적은 마침내 공격에 나섰다. 적들은 사다리를 타고 혹은 갈고리 달린 쇠줄을 타고 성벽을 새까맣게 기어올랐다. 아군은 돌을 던지고 뜨거운 물을 붓고 활로 쏘고 창으로 찌르며 필사적으로 저항했다. 그러나 성벽 위를 노리고 쏘아대는 조총에 여기저기서 쓰러지기 시작했다.

"동문 북쪽 성벽이 무너졌습니다. 무수한 적들이 성내로 침입하고 있습니다."

신시(申時)가 미처 다 가기도 전이다. 남문 누각에 설치된 지휘소로 엎어질 듯 달려온 전령이 숨을 헐떡이며 보고한 지 얼마 지나지 않아 성안 곳곳이 불길에 휩싸이고 고함소리와 비명소리로 가득 찼다. 왜병들이 벌써 향청의 담 모퉁이를 돌아서 남문으로 새까맣게 몰려오는 게 보였다.

"성문을 지켜라."

나는 이미 피에 젖은 환도를 치켜들고 성벽의 계단을 뛰어내려 성문 앞으로 달려갔다. 석연이 창을 잡은 채 옆을 따르고 적의 조총 사격에 살아남은 군졸들이 뒤를 따랐다. 동료 군관 두엇이 휘하를 거느리고 합류했다. 성문은 이제 앞뒤로 적에게 포위당할 처지였다. 남문이 열리면 적의 주력부대가 순식간에 밀고 들어올 것이다. 그렇게 둘 순 없다. 결단코.

석연과 나는 대열의 앞에 우뚝 섰다. 긴 창과 큰 칼을 꼬나든 적병들이 곧장 달려들었다. 나는 핏물에 미끈거리는 환도의 손잡이를 다잡아 쥔다. 두렵다. 성벽 위에서 기어오르는 적을 창으로 찌르고 칼로 베느라 잊고 있던 두려움이 다시 몰려왔다.

'적을 베려 하기 전에 네 마음부터 베어라. 마음과 함께 두려움도 베어질 것이다.'

밀암 사부의 음성이 들렸다.

선두에 선 적병이 조금의 두려운 기색도 없이 달려오더니 창으로 가슴팍을 찔러 들어왔다. 칼등으로 창을 튕겨내고 앞으로 한 걸음 나아가며 적의 가슴을 비스듬히 베었다. 바로 뒤의 적이 내려치는 칼을 왼편으로 피하며 적의 목을 찔렀다. 적병이 크륵거리는 괴상한 소리를 내며 쓰러졌다. 옆에 선 석연의 창끝이 현란하게 춤을 추며 적들을 유린한다. 적의 선두가 주춤거렸다. 피비린내, 짙은 피비린내가 적병들의 대열 속으로 뛰어들어 마구 칼을 휘두르고 싶은 충동을 불러일으켰다.

'마음은 산보다 무겁게 하고, 칼은 바람보다 빠르게 하라.'

사부의 목소리가 다시 들린다.

"대오를 유지하라. 창잡이들은 앞으로 나서라. 물러서지 마라!"

나의 고함소리에 흐트러진 대열이 다시 복구된다. 적병들이 다시 밀고 들어온다. 나의 칼과 석연의 창이 바람보다 빠르게 적들을 막고 베고 찔렀다. 그러나 부하 군졸들은 쓰러져가고, 베고 또 베어도 적들의 수는 늘어만 갔다.

괴이한 고함을 지르며 달려드는 적의 허리를 베었다. 밀암 사부의 목소리도 함께 베어진다. 나의 마음도 잘려 나간다. 나라도 상감도 백성도 같이 베어진다. 오직 칼만이 살아 있다. 장검을 잔뜩 치켜세우고 달려드는 적병의 팔을 먼저 내려쳤다. 높은 비명소리. 여러 개의 창날이 한꺼번에 밀고 들어왔다. 뒤로 물러섰다가 창날 사이를 파고들며 좌우를 베어 넘겼다. 아버지, 어머니, 두 동생이 칼날에 베어진다. 수평으로 휘두르고 들어오는 적의 칼날을 칼날로 막고 적의 품으로 나아가며 깊숙이 베어버렸다. 홍매화 가지가 잘려 나간다. 눈앞에 분분히 떨어지는 붉은 꽃잎들…. 소희야, 소희야. 나는 속으로 아내의 이름을 불렀다.

갑자기 적들의 대열이 좌우로 벌어지며 중앙이 비워졌다. 어리둥절하다가 앞을 바라보니 적의 조총부대가 도열해서 이쪽을 겨냥하고 있었다. 안 돼! 내가 석연에게 피하라고 소리치려는 사이 요란한 총성이 울렸다. 나와 석연과 군사들이 낫에 잘린 풀잎들처럼 일제히 쓰러졌다.

전투가 끝나고 우리들의 시신은 왜병에 의해 성문 앞 해자에 버려졌다. 나는 총알구멍이 난 투구를 그대로 쓰고 찰갑을 입은 채 해자의 물속으로 가라앉았다. 까마득한 어둠이 그 위를 덮었다.

이리하여 나는 죽었다. 나의 오래된 죽음은 곧 잊혀졌다. 하긴 전사한 하급 무관의 죽음쯤이야 이 나라의 역사를 좌지우지해온 양반 사대부에겐 무슨 가치가 있겠는가. 역사를 지배해온 것은 나의 칼이 아니라 그들의 혀였다. 그들의 혀와 말이었다. 그들의 혀는 나의 칼보다 더 많은 사람을 죽였다. 그들은 똑같은 성현의 말씀에 기대어 서로를 죽였다. 혀를 교묘하고 미끄럽게 놀리는 기예가 그들을 살렸다.

똑같이 왜국을 다녀와서는 왜 어떤 혀는 왜국이 조선을 침범할 가능성을 경고하고 어떤 혀는 그럴 가능성이 전혀 없다고 했을까. 혀는 진실을 말하지 않는다. 혀는 자기와 자기편에 유리한 것만 말한다. 그게 혀의 본질적 속성이다. 왜국의 침범 가능성이 전혀 없노라고 임금을 안심시켰던 혀는 7년의 왜란 이후에도 퇴계 이부자(李夫子)의 학풍을 이어받은 적전(嫡傳)이라 하여 성현처럼 숭상받았다.

혀들이 하는 짓이 대체로 이러하다. 그런 혀의 숲에 둘러싸인 임금은 길을 잃고 의주까지 피난을 갔다. 그러면서도 이 용렬한 임금은 반성하지 않았다. 칼 가진 자가 두려워 김덕령을 처형시키고 이순신을 처형시키려 했다. 재빨리 산속에 엎드려 숨은 곽재우만 살아남았다. 정작 두려워해야 할 건 칼이 아니라 혀임을 알지 못했다.

아, 곽재우 장군의 이야기가 나와서 하는 말인데 밀암 사부는 홍의장군 휘하에서 적과 싸우다 화왕산 전투에서 전사했다. 춘추 쉰둘이었다.

그러고도 혀들은 반성하지 않다가 삼십여 년 후에는 임금이 오랑캐라 불러 마지않던 나라의 장수에게 무릎을 꿇고 항복의 예를 올리는 전대미문의 치욕을 당했다. 그러고도 끝내 반성은 없었다. 혀들은 중국에서도 말라비틀어진 중화(中華)를 신주 모시듯 하여 스스로를 소중화로 자처했다. 그것이 나라와 백성을 위한 길이어서가 아니라 혀 스스로를 위한 길이었기 때문이다.

그리하여 이 땅의 무수한 혀들은 나라를 갉아먹고 끝내 왜적에게 다시 나라를 바쳤다. 이번엔 길을 빌려주는 정도가 아니라 나라를 아예 통째로 넘긴 것이었다.

나는 이 땅의 혀들이 하는 짓을 어둠 속에서 홀로 사백십여 년을 지켜보았다. 그 원통함을 풀 길이 없어 쌓여만 가더니, 어느 날 햇빛 한 줄기가 나의 유골에 와 닿았다. 후손들이 땅속을 달리는 쇠말길을 닦으면서 내가 누워 있는 해자 자리를 파헤친 것이다.

나는 다시 세상의 햇빛을 보았다. 이젠 원한을 풀고 저승으로 가야겠다. 나는 너무 오래토록 피곤했다. 이제 가 쉬련다. 저승에 들면 동래성에서 은장도로 자결한 아내를 만날 수 있을 것이다. 소희야, 소희야.

비원 秘苑

둘은 돈화문 앞에서 택시를 내렸다. 그는 문 입구에 그녀를 세워두고 매표소로 걸어갔다. "비원도 구경하실 건가요? 그건 따로 표를 사셔야 합니다."

유리창 너머에서 한복을 곱게 차려입은 매표원 아가씨가 물었다.

"예. 그러지요."

"몇 시 걸로 드릴까요?"

"시간별로 들어가는 거요? 제일 빠른 걸로 주쇼."

표를 산 그는 입구에서 기다리고 있던 그녀와 창덕궁 정원으로 들어섰다. 넓은 인정전 뜨락에 가을 오후 햇볕이 가득 내려 있었다. 둘은 한 무리의 외국인들 사이에 끼어 대전을 들여다보았다. 넓은 청마루와 높은 천장, 거대한 나무 기둥, 화려한 단층. 몇백 년 사직의 위엄이 한가운데의 높은 용상 위에 도사리고 앉은 채 세월보다 더 많이 퇴색되어 있었다. 열심히 카메라 셔터를 눌러대던 외국인들이 몰려가고 난 뒤에 둘은 품계석이 늘어서 있는 대전 앞마당을 멀거니 내려다보았다.

"시간이란 참 무섭죠…."

그녀가 혼잣말처럼 불쑥 말했다. 그는 고개를 끄덕여 보였다. 한때는 일국의 산천초목을 떨게 했던 지존의 권위가 응축되어 있던 곳이 이젠 한낱 관광객의 구경거리로 전락한 것은 분명 세월 탓이었다.

"시간은 무자비하죠. 인간사쯤이야 어찌되었든 관계없이 저 혼자 흘러가버리죠."

그도 혼잣말처럼 말했다. 그녀가 말간 눈으로 그를 돌아보았다.

"그것도 끝도 없이 흘러가요."

그가 덧붙였다.

"그 끝을 보고 싶어요. 죽으면 그걸 볼 수 있을까요?"

이번에는 그가 그녀의 옆얼굴을 돌아보았다. 멀리 시선을 주고 있는 그녀의 눈이 슬펐다.

"죽어서 그 비밀을 알 수 있다면 그나마 다행이겠소만 죽은 후에 그걸 안들 무슨 소용이겠소."

그는 궁궐 담장 위 하늘을 바라보았다. 하늘엔 몇 점의 구름이 천천히 흘러가고 있었다.

"이 손님 들어갔다 나오시면 바로 들어가시면 됩니다."

작은 키의 간호사가 진료실 밖의 긴 의자에 줄지어 앉아 있는 환자들 중 어떤 여자를 가리켰다. 그는 복도 맞은편에 놓인 빈 의자에 앉으며 여자를 쳐다보았다. 고개를 약간 숙인 채 꼼짝도 하지 않고 앞만 바라보고 있던 여자도 아주 잠깐 무심한 눈길로 마주보았다. 웨이브를 준 단정한 긴 머리와 반듯한 이마와 크고 검은 눈이 그녀의 미모를 돋보이게 했다. 삼십대 후반이나 사십대 초반쯤 되어 보이는 얼굴이었다. 야무지게 다문 입술이 만만찮은 삶의 연륜을 느끼게 했다. 그녀의 얼굴에는 입고 있는 남색 코트보다 더 짙은 그늘이 내려 있었다. 그녀는 간간이 오른손으로 왼팔을 주물렀다. 드디어 일어서서 진료실로 들어가는 그녀의 왼팔이 힘없이 처져 보였다.

"아직 가족에게 알리지 않으셨나요?"

보호자 없이 혼자 온 그를 보고 젊은 의사는 답답하다는 듯이 물었다.

"네. 아, 아직…."

그는 큰 잘못이라도 저지른 사람처럼 말을 더듬었다.

"오늘은 보호자와 같이 오라는데 말을 안 듣는 환자가 많군요."

의사는 시큰둥한 표정으로 모니터의 차트를 살폈다. 그리고 끝에 삼각형 고무가 달린 작은 봉으로 그의 팔꿈치와 무릎, 발목 등을 툭툭 쳤다. 두 팔을 머리 위로 올려보라고도 했는데 오른팔이 어깨 높이 이상으로 올라가지 않았다. 마음은 뻔한데 아무리 용을 써도 도무지 올릴 수가 없었다.

몇 달 전 어느 날, 아침에 출근을 하기 위해 와이셔츠를 입다가 오른손으로 단추를 채울 수 없다는 사실을 깨달았다. 손가락에 힘이 들어가지 않았다. 곧 낫겠거니 하고 내버려두었는데 증상이 점점 심해졌다. 손가락뿐만 아니라 팔의 힘도 갈수록 약해지기 시작했다. 동네의 정형외과에서 근전도 검사 후 의사는 고개를 갸우뚱거리며 큰 병원으로 가보길 권했다. 그게 석 달 전이었다.

"운동신경원세포질환입니다. 쉽게 말해서 루게릭병이라고 하죠. 정밀검사를 좀 더 해봐야겠지만 지금으로서는 90% 이상 확실합니다."

대학병원의 의사는 정형외과의 진료 의뢰서를 훑어보더니 그날 당장 검사를 실시하고 결과를 알려주었다.

"현재로선 치료법이 전혀 없습니다. 공식적으로는 온몸의 근육이 마비되어 발병한 지 3년 내지 5년 후에 사망하는 것으로 되어 있습니다. 마음의 준비를 하시는 게…."

의사는 무척 유감이라는 표정을 지으며 원한다면 루게릭 센터가 개설된 유명 병원에 의뢰서를 써주겠노라고 했다. 그래서 온 곳이 바로 이 병원이었다.

"진행 상태는 그리 빠르지 않은 편입니다. 그러나 곧 왼팔도 증상이 나타날 겁니다. 어찌하든 적당한 운동과 영양 상태를 유지하여 진행 속도를 늦추는 게 최선입니다."

"정말 치료 방법이 전혀 없는 겁니까?"

그는 이미 대답을 알고 있는 질문을 또 했다.

"저희 병원을 비롯해서 전 세계적으로 약물과 줄기세포 치료법을 개발 중에 있으나 아직 확실한 결과를 얻지 못한 상태입니다. 그래도 희망을 가지고 몸 상태를 잘 유지…."

의사는 말끝을 흐렸다.

"다음에는 꼭 보호자를 동반해주시기 바랍니다. 어차피 알려야 할 일인데 빠를수록 좋지 않겠습니까."

의사는 그런 당부를 하며 진료를 마쳤다. 지난 석 달 동안 그는 아내에게도 직장에도 발병 사실을 알리지 못했다. 결국 희망 없는 게임이라면 빨리 알려서 좋을 게 뭐가 있겠느냐는 심정이었다. 아내는 놀람과 절망 속에서 비탄에 잠길 것이고 그는 얼마간의 병가 후에 직장을 잃을 것이다. 그 사실과 마주할 용기를 내지 못한 채 차일피일 미루다 석 달을 훌쩍 넘기고 말았다.

아내가 이 사실을 알면 어떤 반응을 보일까. 그의 예정된 죽음을 먼저 슬퍼할까, 아니면 무너진 집안 경제로 인한 자신과 아이들의 불투명한 미래를 먼저 걱정할까. 그는 그런 생각을 하며 진료실을 나섰다.

병원 일층의 중앙 로비에서 그는 잠시 길을 잃었다. 수많은 사람들이 오가는 사이에 멈춰 서서 어디로 가야 할지 생각이 나지 않았다. 그는 혼자 버려진 듯했다. 그래서 지나치는 모든 사람들에게 가벼운 적대감을 느꼈다. 머리가 어지러웠고 이마에 진땀이 돋았다. 곧 쓰러질 것 같은 피로감이 엄습했다. 그는 로비 구석에 있는 구내 커피숍을 발견하고 휘청거리며 걸어갔다. 겨우 주문을 마치고 앉을 자리를 찾던 그는 구석자리에 앉은 낯익은 남색 코트를 발견하고 자신도 모르게 허위허위 걸어가 그 앞자리에 털썩 주저앉았다. 그녀가 놀란 눈으로 쳐다봤다.

"실례지만 루게릭이오? 아까 진료실 앞에서 뵈어서…."

그녀의 얼굴이 당황스러움과 경계심으로 잠시 복잡해졌다가 이내 풀어졌다.

"왼팔에 왔소? 나는 오른팔인데…."

그녀는 가만히 고개를 끄덕였다.

"확진 받은 지 얼마나 됐소?"

"6개월쯤 되었어요. 그쪽은…?"

"6개월에 그 정도면 느린 편이오. 나는 3개월인데 벌써…."

"지금 상태는 어떤가요?"

"오른팔을 거의 쓰지 못하오."

"뭐 저랑 비슷하네요."

"혼자 온 걸 보니 그쪽도 집에 알리지 않으셨소?"

"네. 별로 알릴 사람도 없고, 알아서 알뜰하게 슬퍼할 사람도 없어요."

"그것도 나랑 비슷하네요."

그는 허허롭게 웃었다. 그녀의 입가에 씁쓸한 미소가 잠시 떠올랐다 사라졌다.

인정전을 나와서 비원 입구에 다다를 때까지 둘은 아무

말도 하지 않았다. 입구에는 낮은 울타리가 있고 제복을 입은 수위가 서 있었다. 아직 입장 시간이 일러 관광객 몇이 그늘 속의 나무의자에 앉아 기다리고 있었다. 둘은 비어 있는 벤치에 나란히 앉았다.

"왜 하필 비원이 보고 싶었죠?"

그녀가 때늦은 질문을 했다.

"글쎄요. 나도 잘 모르겠소. 이름이 멋있지 않소? 비밀의 정원, 이곳엔 무슨 대단한 비밀이 숨어 있을 것 같지 않소?"

그는 낮게 웃었다. 처음으로 그녀도 웃었다.

"비밀을 알게 되면 저에게도 알려주세요."

"…그러는 당신은 왜 선뜻 따라왔소?"

"글쎄요. 저도 비밀이 알고 싶었나 보죠."

그는 갑자기 그녀가 오래전에 알고 있던 사람처럼 느껴졌다.

"…이곳은 조선 3대 임금 태종이 조성한 창덕궁의 후원입니다. '금원' 혹은 '비원'이라고도 하는데 정식명칭은 창덕궁 후원입니다. 그러나 비원이란 이름으로 더 널리 알려져 있죠."

드디어 울타리의 작은 문이 열렸다. 사람들이 모이자 한

복 차림의 여성 해설사가 안내를 시작했다. 둘은 사람들의 제일 뒤에 서서 비원으로 통하는 긴 담을 바라보았다. 담장의 기왓장 위로 키 큰 나무들이 울긋불긋한 단풍으로 온몸을 화려하게 치장하고 있었다.

"내전의 뒤쪽으로 펼쳐지는 후원은 울창한 숲과 연못, 그리고 작은 정자들이 마련되어 자연경관을 살린 점이 뛰어납니다. 또한 우리나라 옛 선현들이 정원을 조성한 방법 등을 잘 보여주고 있어 역사적으로나 건축사적으로 귀중한 가치를 지니고 있습니다. 160여 종의 나무들이 울창하게 숲을 이루며 300년이 넘는 오래된 나무들도 있습니다. 창덕궁과 후원은 자연의 순리를 존중하여 자연과의 조화를 기본으로 하는 한국문화의 특성을 잘 나타내고 있는 장소로, 1997년에 유네스코의 세계문화유산으로 등재되었습니다. 그러나 창덕궁 후원이 진정으로 아름다운 이유는 이곳이 단지 휴식 공간이 아니라 왕과 왕비가 백성을 생각하고 나라를 생각하는 공간이기도 했다는 점입니다…."

나긋나긋한 해설사의 목소리가 가을 햇살 속으로 퍼져갔다.

"자 이제 비원 여행을 시작하겠습니다. 가면서 곳곳의 정자와 누각, 연못 등에 대한 설명은 그때그때 다시 해드리겠습니다."

말을 마친 해설사를 따라 일행은 낮은 오르막길을 오르기 시작했다. 그와 그녀도 제일 마지막에 처져 천천히 걸었다. 햇살이 길 위에 하얗게 빛났다. 길 가장자리엔 낙엽이 쌓여 있고 바람이 불 때마다 머리 위로 잎들이 떨어지고 있었다. 오르막이 끝나고 곧 내리막길이 시작되었다. 내리막길이 끝나는 지점에서 갑자기 앞이 확 트이며 연못과 빈터가 나타났다. 연못 주위엔 여러 채의 누각과 정자가 서 있었다.

"이 연못을 부용지라 하고 이 연못 바로 왼편에 서 있는 저 정자를 부용정이라고 합니다. 부용이란 연꽃을 말합니다. 연꽃은 불교를 상징하는 꽃이지요. 더러운 진흙 속에 뿌리를 두지만 고결하고 향기로운 꽃을 피워내는 것이 더러운 사바세계로부터 고결한 부처의 세계로 중생을 인도하는 세존의 도와 닮았다는 것이지요…."

일행은 해설사의 설명을 열심히 경청하고 있었다. 어떤 이는 노트를 꺼내 적기도 했고 대부분의 사람들은 휴대폰을 꺼내 아예 녹화를 시작했다.

그와 그녀는 일행에서 떨어져 나와 나무그늘 아래에 앉았다.

"…부용정은 보시다시피 아주 특이한 구조를 취하고 있습니다. 가운데 방을 중심으로 사방으로 방이 하나씩 이어져 있는 독특한 구조인데요, 세계적으로 보기 드문 희귀한 형태의 건물이라고 합니다."

"왜 하필 우리일까요."

그녀가 그를 돌아보지도 않은 채 낮은 목소리로 말했다.

"십만 명당 한두 명 걸린다는 그 병에 왜 하필 내가 걸렸을까요."

"착하게 살았소?"

그는 웃지도 않고 그녀에게 되물었다.

"그렇게 착하게 살진 못했지만 십만 명당 한두 명에 뽑힐 만큼 나쁘게 살지도 않았는데…."

그녀도 진지한 목소리로 대답했다.

"그쪽은요?"

그녀가 비로소 그를 돌아보았다.

"글쎄요 나야 뭐 그렇게 나쁜 놈도 착한 놈도 아니죠. 지극히 평범하고 평균적인 인간이라고 할까요."

"세상에는 악독하게 나쁜 놈들이 얼마나 많은데…."

"그래요. 아무래도 우리 일은 하느님이 실수하신 것 같소."

그녀가 얼굴에 웃음기를 떠올렸다.

"…저기 보이는 저 누각을 영화당이라고 합니다. 사방이 높은 돌계단으로 되어 있고 그 위에 누각이 앉아 있는데 저 누각의 방에는 왕족만이 출입할 수 있었다고 합니다. 왕족들이 저 높은 방에 앉아 차나 술을 마시며 사방 경치를 즐겼다고 합니다."

"제일 아쉬운 게 뭐요?"

그가 물었다.

"이제 곧 커피 잔도 들지 못하게 되겠지요. 조용한 카페에서 원두커피 마시기를 무척 좋아했는데 남의 도움이나 빨대 없인 그 즐거움도 누릴 수 없겠지요."

"아직 왼손은 괜찮소?"

"커피 잔은 들지만 점차 약해지고 있어요…. 그쪽은 뭐가 제일 아쉬운가요?"

"화려한 백 스매싱을 다시 구사할 수 없다는 것이오."

"그게 뭔가요?"

"탁구를 무척 좋아하오. 이래 봬도 직장 내 탁구대회에서 늘 챔피언이었지요."

"…자, 영화루의 방에 올라가셔서 옛날 왕족이나 왕비가 된 기분을 느껴보시기 바랍니다."

"또 뭐가 아쉬운가요?"

"글씨를 쓸 수 없게 된 것이오. 이제 오른손으로 내 이름 조차 쓰기 힘들어졌소."

"글씨를 잘 쓰셨나요?"

"군에서는 연애편지 대필도 무수히 해주었다오."

"믿을 수 없군요. 증거가 없다고 허풍 치시는 거 아니에요?"

"글씨가 단정하고 예뻐서 쓰는 법을 가르쳐달라는 여자들이 줄을 섰지요. 믿거나 말거나…."

그녀가 큭큭 웃었다.

"…자 이곳에서 십오 분간 쉬겠습니다. 사진 찍으실 분들은 마음껏 찍으시고 화장실 다녀오실 분들도…."

"그쪽은 또 뭐가 아쉽소?"

"이제 세수도 양치질도 혼자 못 하겠지요. 화장도 스스로 못하게 되겠지요."

"까짓 화장이야 누가 해주든 대수겠소. 또 안 한들 어떻겠소. 뭐 안 해도 예쁜 얼굴이구만…. 난 그보다 스스로 식사를 하지 못하는 일이 두렵소."

"여자를 잘 모르시는 말씀이시군요. 화장은 여성성을 대표해요. 여자에겐 화장이 밥보다 더 중요할지도 몰라요. 자기 얼굴을 스스로 꾸밀 수 없다는 건 참 슬픈 일이에요."

사람들은 연못가 누각 근처에서 저마다 멋진 포즈로 사진을 찍고 높은 계단을 오르고 단풍 든 숲을 바라보고 그늘의 벤치에 앉아 가을 햇살을 즐기고 있었다. 햇살은 연못의 수면 위로 누각의 기와지붕에도 하얀 흙길 위에도 그리고 지천으로 물든 단풍잎 위에도 풍성하게 골고루 내려쬐고 있었다. 아이들은 매점 근처를 뛰어다니고 어른들도 모두 즐거워 보였다.

"참 아름다운 날이군요."

그녀가 망연한 눈빛으로 말했다.

"그래요. 예전에는 왜 이런 게 시시하게 느껴졌는지 모르겠소."

"내 생에 이렇게 아름다운 날을 몇 번이나 더 만날 수 있을까요."

그녀의 목소리가 쓸쓸하게 들렸다.

"자, 이제 모여주세요. 또 다음 장소로 출발합시다."

숲속 빈터 한가운데서 해설사의 스피커 소리가 사람들을 불러 모았다.

일행이 아름다운 정자가 서 있는 연못에 이르자 해설사는 연못가의 작은 돌문을 가리켜 보였다.

"자, 이 문을 잘 보세요. 문 위에 한문으로 뭐라고 새겨두었지요?"

"불로문이요."

사람들이 일제히 손나팔까지 만들어 외쳤다.

"네. 맞아요. 이 문을 지나면서 돌기둥을 만지면 절대 늙지 않는다는 불로문이랍니다. 옛날에는 왕족만이 이 문을 지날 수 있었다는군요. 오늘은 특별히 여러분에게도 지나갈 수 있는 기회를 드리겠습니다. 이 문을 지나시고 모두 모두 장수하세요."

해설사의 익살에 여기저기서 웃음소리가 솟아올랐다. 사람들은 이미 손때가 새까맣게 묻은 돌기둥을 쓰다듬으며 지나갔다.

"우리도 만져봅시다. 누가 알아요. 전설처럼 우리도 오래 살게 될지."

그가 그녀를 뒤돌아보며 말했다. 그녀는 피식 웃었지만 그를 따라 돌기둥을 쓰다듬었다.

"이 연못을 애련지라 하고 저 건너편 정자를 애련정이라고 합니다. 이 가을에 이곳에 오신 여러분은 대단한 행운입니다. 이곳은 가을 경치가 뛰어나기로 유명한 곳이지요. 애련정 뒤편 숲의 단풍과 또 연못에 비친 정자와 숲의 그림자가 정말 아름답지 않습니까?"

사람들은 해설사의 말이 끝날 즈음에 연못 주위로 흩어져 사진을 찍느라 바빴다. 정자 뒤편의 숲에는 참나무와 단풍나무 잎들이 선홍빛으로 물들어 있었다. 푸른 기와지붕과 붉은 기둥들 그리고 그 모든 게 비친 연못은 정말 아름다웠다. 연못에는 파란 가을 하늘과 흘러가는 뭉게구름도 담겨 있었다.

"…이곳 애련정에는 숙종 임금과 최숙빈에 얽힌 이야기가 전해지는데요, 인현왕후가 죽고 장희빈의 서슬이 시퍼럴 때 어느 날 임금이 나인만 거느리고 이 정자로 밤 산책을 나왔답니다. 그때 누군가 정자에서 향을 피우고 제를 지내고 있더랍니다. 알아보니 당시 무수리였던 최숙빈이 인현왕후를 위하여 남몰래 추모제를 지낸 것으로 밝혀졌지요. 그 뜻을 가상히 여긴 숙종은 그녀를 데려다 숙빈으로 삼았다고 합니다."

해설사의 말이 여기에 이르렀을 때 작은 소동이 일어났다. 굉장한 물소리가 들렸다. 사람들은 일제히 소리 나는 곳으로 돌아보았다. 어떤 아가씨가 연못에 빠져 허우적거리고 있었다. 연못가에서 멋진 포즈로 사진을 찍으려다 그만 균형을 잃고 연못에 빠진 모양이었다. 다행히 수심이 아가씨의 목까지밖에 오지 않아 그녀는 쉽게 구출되었다. 남정네들이 아가씨를 물 밖으로 끌어내자 사람들이 박수를 쳤다. 트렌치코트 차림의 아가씨는 처참한 몰골로 혼이 빠진 표정이었지만 사람들의 웃음소리가 끊이지 않았다.

"성모님 앞에 두 손을 모으고 기도할 수도 없게 되겠지요."

그녀가 말했다.

"천주교 신자요?"

그가 물었다. 그녀가 고개를 끄덕였다.

"세례명이…?"

"에메리따예요."

"반갑소. 난 다니엘이라고 하오."

"그럼, 그쪽도?"

그녀가 새삼 그를 돌아보았고 그는 고개를 끄덕여보였다.

"…우린 주님의 보호하심을 받지 못한 걸까요? 아님 평소 신심이 깊지 못해 주님이 화가 나신 걸까요."

"글쎄요. 저도 사이비 신자이긴 합니다만 그 비밀을 누가 알겠소?"

그가 공허하게 웃었다.

"하느님이 원망스럽소?"

그가 물었다.

"아뇨."

"난 때때로 원망스럽소. 하느님께 따져보고 싶을 때도 있소. 입장 바꿔 생각해보자고! 하느님이 나 같으면 억울하지 않겠냐고."

"그래! 뭐라세요?"

그녀가 물었다.

"내가 미쳤다고 너하고 입장을 바꾸냐? 그러시데요."

그녀가 소리 내어 웃었다.

조선시대 전형적인 양반집 가옥 형태라는 연경당 구경을 마치고 나오자 숲속의 언덕길이 나타났다. 온 숲은 불타고 있었다. 바람이 불 적마다 불꽃들이 일렁거렸다. 숲에서는 풀이 말라가는 향기로 가득하다. 저녁노을에 향기가 있다면 이 냄새일 것이다. 핏빛 단풍나무 아래서 사진을 찍는 사람들의 얼굴이 붉었다.

언덕길이 끝나자 다시 포도가 나타났고 길옆으로 작은 경비실과 CCTV가 설치되어 있는 것이 보였다. 아스팔트길을 따라 오르다 다시 흙길로 접어들었다. 이번에는 내리막길이었다. 길 끝에 작은 빈터가 나타났고 사람들이 농산정 앞에 모여 해설사의 설명을 열심히 듣고 있었다.

둘은 거기서 좀 떨어져 있는 존덕정이라는 정자의 마루 끝에 나란히 앉았다. 그와 그녀의 무릎에 가을 오후 햇살이 풍성하게 내려와 앉았다. 정자 옆으로 작은 연못이 있고 연못 위엔 아주 크고 편편한 바위가 있었다. 연못에 물이 넘쳐 정자 옆으로 개울을 이루며 계곡 아래로 흐르고 있었다. 계곡 아래엔 아름드리 소나무 숲 사이로 연못과 정자가 보였다.

갑자기 사람들이 해설사의 손짓을 따라 이쪽을 쳐다보았다. 아마 둘이 앉아 있는 정자에 대한 설명을 하는 중이었나 보다. 사람들의 시선을 피해 둘은 자리에서 일어나 개울 위의 작은 다리를 건넜다.

"우리 병이 알려지면 사람들은 우리를 어떻게 볼까요?"

그녀가 소요암이라는 바위를 바라보며 심상하게 물었다.

"…짧은 동정과 긴 망각… 자의든 타의든 우리는 잊혀질 것이오. 사람들은 우리와의 관계를 포기하겠지요."

"몸으로부터도, 사람으로부터도 우린 끝없이 고립되어 갈 거예요. 그래도 사람들로부터 잊히는 게 더 슬퍼요."

"동감이오."

둘은 연못으로 내려가는 길과 숲으로 올라가는 길이 나누어지는 곳에서 멈추어 섰다. 사람들이 존덕정 쪽으로 내려오는 게 보였다. 숲으로 올라가는 길옆에는 '출입엄금. 돌아가시오. 길 없음.'이라고 쓰인 팻말이 서 있었다. 둘은 잠시 마주 보다가 약속이라도 한 듯이 숲속 길을 오르기 시작했다. 곧 길을 가로막아 놓은 낮은 울타리가 나타났다. 둘은 울타리를 넘어 낙엽이 지천으로 쌓인 숲으로 들어섰다.

얼마를 들어가자 키 큰 참나무들 사이에 작은 빈터가 나타났다. 빈터에는 마른 참나무 잎이 수북이 쌓여 있다. 둘은 나뭇잎 위에 앉았다. 숲은 조용했다. 바람 소리도 들리지 않았다.

"…곧 양손 다 못 쓰게 되겠지요."

그녀가 먼저 입을 열었다.

"다리의 힘도 빠져 걷지도 못할 거요."

그가 받았다.

"목도 가누지 못할 것이고 드디어 침대에 드러눕겠죠. 몸은 미라처럼 말라가고…."

"음식도 삼킬 수 없게 되고…."

"숨 쉬기도 힘들어지고…."

"목에 구멍을 뚫고… 호스를 꽂아 죽을 밀어 넣어주면…."

"그 죽으로 연명을 하며… 말을 할 수도 없고…."

"외계인처럼 호흡기를 달고…."

"두 눈만 깜박이며 육체의 감옥에 갇혀…."

"가족의 끝없는 짐이 되어…."

"서서히 죽어가는 자신을 지켜보게 되겠지요."

그리고 둘은 한참동안 말이 없었다.

"…그, 그게 싫어요. 죽고 싶어도 스스로 죽을 힘조차 없게 될 상황이…."

그녀가 무릎을 껴안은 두 팔에 얼굴을 묻었다. 그는 그녀 등 뒤의 숲을 망연히 바라보았다. 갑자기 심한 피로감이 몰려왔다. 그는 낙엽 위에 누웠다.

"거기 좀 누우시오."

그는 그녀의 얼굴을 들게 하기 위하여 목소리를 높였다. 그녀가 고개를 들고 새삼스럽게 숲을 둘러보았다. 그러고는 바스락거리는 마른 잎 소리를 내며 그의 옆에 누웠다. 그는 일어나 낙엽을 긁어모아 그녀의 몸을 덮기 시작했다. 그녀는 눈을 감고 슬픈 얼굴을 풀지 않은 채 꼼짝도 하지 않았다. 그녀의 몸을 다 덮은 후 그는 자신의 몸도 낙엽으로 덮었다. 그는 낙엽의 이불 밖으로 손을 내밀고 그녀의 손을 잡았다. 그리고 둘은 참나무 가지와 잎들에 가려져 있는 하늘을 올려다보았다. 참나무 가지 사이로 햇살이 기둥을 이루며 쏟아져 내렸다. 황금빛 휘장이 온 숲에 드리워져 있었다.

지극히 조용했다. 도심의 차 소리도, 사람 소리도 한 점 들리지 않았다. 시간이 멈춘 듯했다. 나뭇잎 사이로 보이는 하늘도 파랗게 정지해 있었다. 둘은 말없이 그렇게 낙엽에 덮여 손을 잡은 채 숲과 하늘을 올려다보았다. 오래 그렇게 있자 마음이 차차 가라앉았다. 그대로 흙이 된 듯도 하고 나무가 된 듯도 하고 잎이 된 듯도 했다. 그저 그렇게 조용히 흙 속으로 꺼져들었으면 좋겠다고 생각했다. 오랜만에 세상은 평화로웠다. 둘은 그런 자세로 누가 먼저라 할 것 없이 잠으로 빠져들었다.

둘이 잠에서 깨어났을 때 숲에는 밤이 찾아와 있었다. 어둠 속을 더듬어 숲을 빠져나오자 푸른 달빛이 길을 비추고 있었다. 사람들로 북적이던 계곡 빈터에는 인기척 하나 없었다. 정자와 누각과 바위는 어둠에 잠겼고 기와지붕만이 달빛에 빛나고 있었다. 둘은 CCTV를 피해 좁은 숲속 길을 우회하여 애련지에 닿았다가 연못에 비친 달에 끌려 애련정에 올랐다. 온 숲에 내린 푸른 달빛과 하늘에 걸린 달과 연못에 비친 달을 바라보며 둘은 정자의 난간에 앉았다. 갑자기 저 무한한 우주공간의 한 귀퉁이에서 저 한없는 시간의 변두리를 달빛과 함께 흘러가고 있다는 기분이 들었다. 이 숲의 비밀이 어둠과 달빛 속에 숨겨져 있는 듯했다.

"달에 비하면 인간의 삶이란 얼마나 시시한지… 제왕의 삶이든 우리네 삶이든…."

그녀가 중얼거리듯이 낮은 목소리로 말했다.

"숙빈 최 씨의 그 다음 이야기를 아시오?"

그는 엉뚱한 이야기를 꺼냈다.

"이곳에서 인현왕후의 명복을 빌다가 빈의 자리에 올랐다는 그 무수리 최 씨 말이오."

"그 뒷얘기가 또 있나요?"

"장희빈이 사약을 받아 죽고 인현왕후가 복권이 된 후 숙빈 최 씨는 숙종 임금의 총애를 한 몸에 받았더랍니다. 그러나 그것도 오래가지 못하였는데 그 이유가 재미있소. 온몸에 고약한 부스럼이 나기 시작했다는 거요. 온갖 약으로도 병이 낫지 않자 사람들은 죽은 장희빈의 저주라고 떠들어댔소. 그 고약한 냄새 때문에 임금도 더 이상 찾지 않게 되었고 달 밝은 밤이면 이 애련정에 나와 설움을 달랬다 하오. 그러던 어느 날 정자 기둥에 기대 잠시 잠이 들었는데 꿈속에 인현왕후가 현신하여 연못물에 목욕을 하면 병이 나을 것이라고 하였다오. 그 즉시 연못에 뛰어들어 몸을 씻자 부스럼이 씻은 듯이 나았고 임금의 사랑도 다시 찾았다는 거요."

"낭만적인 이야기지만 금방 만들어낸 티가 너무 나는 군요."

"믿거나 말거나… 낫에 빠진 아가씨도 지금쯤 지병이 나았을지 누가 아오?"

그가 큭큭 웃었다.

"낫기는커녕 감기 걸리게 생겼던데요."

그녀도 웃었다.

그리고 둘은 한참 동안 말없이 달빛만 바라보고 있었다.

"낫고 안 낫고 그딴 게 무슨 소용이겠소. 이 시간을 우리가 언제 또 만나겠소. 난 이 연못에 목욕을 하고 싶소. 지금… 같이 하지 않으려오?"

그가 일어서며 진지한 목소리로 말했다.

"……."

그녀는 말이 없었다.

그는 성한 왼손으로 양복 윗도리를 벗고 와이셔츠를 벗고 바지를 벗었다.

"같이 하지 않으려거든 돌아서 있으시오."

그녀는 어둠속에 석상처럼 서 있었다. 그는 속옷마저 벗고 난간 위에 올라서서 연못으로 뛰어내렸다. 첨벙! 요란한 물소리가 모든 걸 깨뜨렸다. 수면 위의 달도 푸른 달빛도 숲의 어둠도 하늘의 달도 흔들렸다. 우주가 한바탕 화들짝 놀라는 느낌이었다. 가을 물의 차가운 기운이 뼛속 깊이 스며들었다. 그는 이를 악물고 머리까지 물속에 넣었다. 온몸이 덜덜 떨렸다.

"나는 무섭소. 이대로 물속으로 사라지고 싶을 만큼 무섭소."

그는 물 위로 고개를 내밀고 악을 썼다. 그녀의 모습은 정자의 어둠에 묻혀 보이지 않았다.

"무섭소. 무서워 죽을 지경이오."

그는 정말 울고 싶었다.

"저도 무서워요."

어둠 속에서 그녀의 목소리만 들려왔다.

"뭐가 무섭소? 지금 물에 뛰어드는 것이, 아니면 우리 병이?"

"둘 다요."

대답과 동시에 물소리가 났다. 우주가 다시 화들짝 놀랐다. 그녀가 어느새 옷을 벗고 연못에 뛰어들었다.

그는 그녀에게로 헤엄쳐 가 물속에 잠긴 그녀의 나신을 안아 올렸다. 그녀의 턱이 추위에 덜덜 떨리고 있었다. 그는 더 세게 그녀를 안았다. 그녀의 몸은 차가웠고 딱딱하게 굳어 있었다.

"두려워하지 말아요."

그녀가 아직도 떨리는 입술로 말했다.

"나는 무섭소. 어디론가 달아나고 싶소."

"그러지 마세요. 저도 무섭지만 그러지 않기로 했어요."

그녀가 그의 얼굴을 한손으로 쓰다듬으며 속삭였다.

"이 숲의 비밀이 뭔지 알아요?"

"그게 뭐요?"

"사람은 모두 죽는다는 것이에요. 제왕이든 우리 같은 지극히 평범한 사람이든 누구나 죽는다는 것이에요."

"그게 무슨 비밀이오? 그건 누구나 다 아는 일 아니오?"

"그래요. 누구나 다 알지요. 그러나 사람들은 천년만년 살 것처럼 살고 있어요."

"……."

"제왕의 비밀스러운 휴식처인 이 숲에서도 권력에 대한 욕망과 암투가 자라나고 있었어요. 하지만 그것들은 다 어디 갔나요? 이제는 모두 다 죽어 없어지고 전설만이 남았죠."

그녀의 목소리가 점차 열정을 띠기 시작했다. 그녀의 몸도 따뜻해지고 부드러워졌다.

"우리만큼 순수하게 죽음을 인식하고 마주하고 있는 이가 있겠어요? 그러니 무서워 말아요. 울지도 말고, 화내지도 말고, 스스로 동정하지도 말고… 그래요. 앞으로 남은 우리 삶이 조금 달라질 뿐이죠. 삶의 형태가 조금 불편해지겠죠. 그것뿐이에요."

그는 물속에서 그녀의 몸을 필사적으로 껴안았다. 그녀의 몸이 한없이 따뜻해서 그는 조금 슬펐다.

물 밖으로 나온 둘은 서로의 성한 손으로 서로의 옷을 입혀주었다. 수면에는 아무 일도 없었다는 듯이 다시 달이 떴다.

돈화문 거리에서 둘은 악수를 하고 헤어졌다.

"살아남아요."

그가 왼손으로 그녀의 오른손을 쥐며 말했다.

"그럴게요. 당신도…."

그녀가 택시를 타고 사라지고 난 후 그는 서로의 이름도 모른다는 사실을 깨달았다.

그 여름의 끝

중복을 지나 팔월 초순의 햇빛은 논둑길을 사뭇 녹여낼 기세로 뜨거웠다. 바람마저 한 점 불어주지 않았다. 띄엄띄엄 마주치는 길가 수양버들의 가지들은 미동도 않은 채 축 축 늘어져 있었다. 들판엔 일꾼의 그림자 하나 찾아볼 수가 없었다. 햇빛만이 메마른 길바닥과 벼들이 열 지어 서 있는 논바닥 위로 무한정 떨어져 내려 풀풀 열기를 피워 올리고 있었다. 운동화 끝에서 먼지가 풀신 풀신 묻어나는 길과 완만한 경사의 계단식 논들이 펼쳐진 들판, 그리고 멀리 바라다 보이는 산들 그 모든 것이 햇빛의 열기에 압도당해 움쩍도 못하고 납작 엎드려 있는 듯한 느낌이었다.

흰색 블라우스는 땀에 흥건히 젖어버린 지 오래였다. 청

바지도 땀이 잔뜩 배어 기다란 장화라도 신은 것처럼 걸음걸이를 자꾸만 뻑뻑하게 만들었다. 유경은 흘러내리는 얼굴의 땀방울을 수건으로 연신 훔쳐내며 챙 넓은 모자를 더욱 깊숙이 눌러 썼다. 모자 챙 밑으로 앞서 가는 민준의 어깨가 흔들리는 것이 보였다. 땀에 젖어 얼룩진 민준의 어깨에는 배낭과 함께 침묵이 무겁게 매달려 있었다. S읍에서 버스를 내려 이곳까지 걸어오는 그 두 시간 동안 민준은 한마디의 말도 건네 오지 않았다. 뙤약볕 속을 행군하는 병사처럼 묵묵히 내처 앞서 걷기만 했다. 유경이 말을 붙여볼 요량으로 아직 멀었느냐고 물었을 때도 거의 다 왔다는 뜻으로 그저 손만 한 번 흔들어 보였다. 원래 말이 없는 조용한 성격이긴 하지만 이렇게 말이 없는 경우는 또 좀체 없는 일이었다. 도대체 무엇 때문일까? 궁금증이 다시 고개를 들었다. 유경은 그 침묵의 이유를 도무지 짐작할 수가 없었다. 자신이 그의 기분을 다치게 할 만한 무슨 언동을 했던가 하고 곰곰 생각해 보았으나 특별히 떠오르는 게 없었다.

유경은 한바탕 수다를 떨어서라도 민준의 그 답답한 침묵을 깨뜨리고 싶은 장난스런 기분도 들었지만 금세 그만두어버렸다. 말 한마디 하기조차 귀찮은 지독한 더위도 더

위였지만 속으로 슬며시 약이 올랐기 때문이었다. 그도 그럴 것이 이번 캠핑을 먼저 제의한 것은 민준 쪽이 아니었는가 말이다.

민준은 평소 세미나다 강의 준비다 논문이다 해서 주말이나 휴일에도 연구실에 틀어박혀 있기 일쑤였다. 유경이 몇 번씩이나 불만과 암시를 표해야만 마지못해 그녀를 따라나서던 민준이었다. 유경에게 그런 민준의 제의는 놀라움을 넘어 기쁨을 주기에 충분했다. 결혼 전에 한 번쯤 단둘이 오붓한 시간을 가져보는 것도 훗날 즐거운 추억거리가 되리라는 기대도 있었지만 민준이 먼저 그런 제의를 했다는 사실이 무엇보다 감격스러웠다.

그런데 이게 뭐람, 길은 또 왜 이렇게 먼가. 유경은 신경질적으로 목덜미의 땀을 다시 훔쳐냈다.

덥다. 햇볕은 여전히 뜨겁고 끈끈한 막처럼 눈앞을 가로막아 선다.

헤쳐도 헤쳐도 다시 앞을 막아서는 햇빛의 막. 그 막 너머로 길은 논 사이를 요리조리 돌아 멀리 산모퉁이 뒤로 꼬리를 감추고 있었다. 그 길을 바라보면서 유경은 갑자기 산모퉁이까지 영원히 도달하지 못하리라는 터무니없는 무력감에 사로잡혔다. 그 무력감은 민준의 어깨로 시선을 돌렸을 때 또 까닭 모르게 더욱 짙어졌다.

산모퉁이를 돌아서자 제일 먼저 그들을 반긴 것은 요란한 매미소리였다. 참매미, 쓰름매미, 말매미…. 흐드러진 매미소리가 골짜기를 가득 채우고 있었다. 길은 갑자기 급한 경사를 이루며, 삼나무, 오리나무, 참나무, 소나무 등과 함께 잡목이 무성한 숲 사이로 빨려들고 있었다. 숲 그늘로 들어서자 듣기만 해도 시원한 계곡 물소리가 발목을 잡으며 쿵쿵 들려와 더위를 한결 가셔주는 기분이었다. 그 따가운 햇볕만 받지 않아도 우선 살 것 같았다. 둘은 계곡의 물가로 내려갔다. 참나무 그늘 아래 짐을 벗어놓고 그제야 민준은 유경을 돌아보았다. 머리칼은 땀에 젖어 흐트러져 있고 도수 높은 안경은 어룽어룽 물기가 어려 그의 시선을 더욱 불분명해 보이도록 했다. 병자처럼 보일 정도로 하얀 얼굴이 벌써 벌겋게 그을려 있었다. 그래서인지 그의 얼굴에 참나무 그늘보다 더 짙은 그늘이 져 있었다.

"혼자 올 걸 그랬나 봐?"

그 얼굴을 향해 유경은 짐짓 토라진 목소리로 말했다. 민준은 유경을 건너다보며 피식 웃었다.

"아니면 벙어리와 함께 오든지…."

크게 미소 짓는 민준의 입 사이로 고른 치아가 보였다.

'아휴, 내가 저 웃음에는 못 당한다니까….'

유경은 속으로 종알대며 바지를 걷어 올리고 계곡의 물속에다 발을 담갔다. 물의 차가움이 발목을 통해 온몸으로 퍼져 물오르는 나무 같은 생기를 돌게 했다.

"화났어?"

한바탕 세수를 하고 나서 수건으로 얼굴의 물기를 닦아내며 유경은 밝은 표정으로 다시 물었다.

"아니… 힘들지 않아?"

"그걸 말이라고 해?"

"그래도 불평 한마디 없이 용케 잘 따라오던데?"

"어디 불평할 기회라도 줘봤어? 기가 막혀…."

"그랬던가… 허허허."

어설픈 웃음 끝에 다시 그늘이 찾아드는 민준의 표정을 놓치지 않으며 그 표정이 주는 알 수 없는 불안감을 씻기라도 하듯 유경은 한 번 더 요란하게 얼굴에 물을 끼얹었다.

계곡을 끼고 다시 얼마를 올라가자 참나무 숲과 매미소리에 파묻혀 있는 조그만 절 하나가 보였다. 절은 작았지만 정갈하게 꾸며져 있었다. 낡은 단청과 군데군데 떨어져 나간 법당 벽면의 불화만이 절의 오랜 연륜을 말해주고 있었다.

민준은 텐트의 배수로를 파는 데 필요하다며 괭이를 빌리기 위해 스님을 찾았다. 몇 번을 부르고 난 후에야 법당 옆에 따로 서 있는 조그만 건물의 외짝문을 열고 늙은 비구승이 눈을 비비며 나왔다. 키가 자그마하고 등이 굽은 비구승은 별 감정 없는 표정으로 두 사람을 쳐다보고는 괭이를 좀 빌리자는 민준의 부탁에 말없이 고개만 끄덕여 보이고 물을 청하는 유경에게도 손짓으로 법당 뒤쪽을 한번 가리켜 보이기만 했다. 민준이 담배를 피워 무는 동안 유경은 물을 마시러 법당 뒤뜰 쪽으로 향했다.

"그 근처에 이상하게 생긴 사내 녀석이 하나 있을 테니 너무 놀라진 말우, 볼상은 사나워도 괜찮은 녀석이니까…."

유경이 막 모퉁이를 돌아가려는데 비구승이 비로소 입을 열었다. 유경은 건성으로 고개를 끄덕여 보였다.

바위틈으로 똑똑 떨어지는 약수는 이가 시리도록 차고 달았다. 물맛에 취해 약수를 두 표주박이나 마시던 유경은 다시 민준의 묘한 태도를 떠올리며 상념에 빠졌다. 문득, 민준이 자기들의 관계에 대해 무슨 회의를 느끼고 있는 것이나 아닐까 하는 의구심이 얼핏 솟아났다. 그러나 유경은 이

내 강하게 고개를 가로저어 그 의구심을 지워버렸다. 그럴 리가 없었다. 만약 그렇다면 민준이 먼저 이번 캠핑을 제의할 리가 없지 않은가. 평소 적극성이 부족한 편이긴 하지만 자신에 대한 민준의 애정만큼은 믿어 의심치 않았다. 그러면서도 민준의 가슴속에 자신만으로 채워지지 않는 뭔지 모를 빈자리가 있을지도 모른다는 생각에 이르자 어쩔 수 없이 어떤 서글픔이 약수보다 더 차갑게 밀려들었다.

한참 생각을 더듬어가던 유경은 아까부터 누군가 자기를 쳐다보고 있다는 느낌에 힐끗 옆을 돌아다보았다. 그러고는 자기도 모르게 표주박을 떨어뜨리고 비명을 지를 뻔했다. 법당 뒤꼍 저만치 짙은 나무 그늘 밑에서 웬 사내가 쭈그려 앉은 채 이쪽을 빤히 쳐다보고 있었다. 거대한 사내였다. 아니, 그것은 한 마리 거대한 짐승이라고 하는 편이 더 옳을 듯했다. 어깨까지 내려온 머리카락은 수초처럼 마구 뒤엉켜 부스스하니 일어서 있었고 평생 세수라고는 해보지 않은 듯 때 기름이 주르르 흐르는 시커먼 얼굴에는 부리부리한 두 눈만이 이상한 빛을 띠고 있었다. 사내는 한쪽 무릎을 싸안고 도사리고 앉아 있었다. 민소매 조끼 밖으로 드러난 팔뚝의 근육이 유경의 허벅지만 했다. 한쪽은 종아리 근처까지 다른 한쪽은 무릎 위까지 끝이 말려 올라가 있는 허름한 바지 아래의 다리통은 온통 시커먼 털로 뒤덮여 있었다.

사내를 발견한 순간 유경은 조금 전에 노승이 일러준 말이 언뜻 생각났지만 얼어붙은 듯 한동안 그 자리에서 꼼짝을 할 수가 없었다. 유경이 놀라는 양을 빤히 지켜보고 있던 사내가 별안간 히쭉 웃었다. 시커먼 얼굴 덕분에 뻐드렁니가 유난히 희게 드러났다. 유경은 급히 앞마당을 향해 돌아섰다.

"우으어…."

사내가 정말 짐승처럼 기묘한 소리를 지르며 벌떡 일어선 것은 그때였다. 유경은 기겁을 하여 뒷걸음질 쳤다. 소리를 질러 민준을 부르고 싶었지만 목 안이 무엇으로 꽉 들어차기라도 한 듯 소리가 나오지 않았다.

사내는 계속 신음 같은 소리를 지르고 이상한 손짓을 연방 해대며 우쭐우쭐 다가왔다. 키가 유경보다 머리통 둘은 더 되어 보였다.

"이놈, 바우야! 게서 또 처자빠져 잔 게여? 하라는 밭일은 않고…."

갑자기 유경의 뒤에서 쨍쨍한 목소리가 들려왔다. 언제 왔는지 비구승이 거기 서 있었다.

"아가씨에게 이 무슨 행패여? 원, 이놈이 안 하던 짓을…."

유경은 재빨리 비구승 뒤로 숨었다. 이마를 훔친 손끝에 더위 탓만은 아닌 땀이 묻어났다. 사내는 비구승을 향해 여전히 뜻 모를 손짓을 부지런히 해대며 간혹 유경 쪽을 가리켜 보이기도 했다.

"원, 녀석두… 알았다. 이놈아, 얼른 가서 괭이나 찾아 온."

잠시 사내의 손짓을 지켜보던 비구승이 달래듯 말하자 사내는 금세 얌전해지며 그 큰 거구를 기우뚱거리며 법당 뒤로 사라졌다.

"아휴, 정말 놀랐어요. 스님, 그런데 저 사람이 왜 저러죠?"

겨우 정신을 차린 유경이 인사치레 겸 의구심에 비구승을 향해 물었다.

"바우 녀석이 아가씨더러 예쁘다는구만. 좀 모자라는 녀석이우. 악심은 없는 놈이니 안심허우."

비구승은 웃지도 않고 진담인지 농담인지 모를 소리를 했다. 유경은 자신이 그렇게 놀란 사실이 우습고도 어이가 없어 실소하고 말았다.

절을 나서 계곡 위로 향하면서 유경은 놀라긴 했지만 재미있기도 해서 민준에게 벙어리 사내 이야기를 해주었다. 그 사내가 유경이 예쁘다는 표현을 그렇게 했다는 부분에 이르러서는 민준도 껄껄껄 웃어젖혔다. 민준의 그 웃음소리를 들으며 유경은 아까 약수터에서 했던 자신의 생각들이 모두 기우이기를 간절히 바랐다.

계곡 옆의 버려져 있는 조그만 밭에 텐트를 세우고 버너로 불을 피워 늦은 점심 겸 저녁을 일찌감치 지어 먹고 나니 골짜기엔 벌써 산그늘이 내려 있었다. 계곡의 물소리가 요란했다. 바윗돌 사이를 타고 풍성하게 흘러내리는 물은 더없이 맑고 차가웠다. 멀리 골짜기 위쪽으로 웅석봉이라 하는 주봉이 머리에 안개구름을 화관처럼 두르고 우뚝 솟아 있고 그 어깨 너머로 첩첩이 겹친 산봉우리들이 머리를 삐쭉삐쭉 내밀고 있었다. 짙푸른 숲과 산등성이 군데군데 버티고 서 있는 기묘한 형상의 바위들, 골짜기에 서려 있는 보랏빛 안개의 그윽한 정취가 시선을 오래 붙잡았다.

골짜기를 조금 더 올라가면 굉장한 폭포가 있다고 했다. 다른 캠핑족들의 그림자는 아무 데도 보이지 않았다. 아마 널리 알려지지 않은 곳이기 때문일 게다. 여름철이면 피서객들로 북적대는 조금 유명하다 싶은 계곡들에 비하면 이곳은 골짜기 전체가 온전히 민준과 유경 둘만의 것이라고 해도 좋았다. 지금 이 계곡 안에 민준과 자신 둘만이 있다는 새삼스러운 자각이 유경에게 잇몸 속이 근지러운 행복감을 안겨다주었다.

"여긴 언제 와봤어?"

유경은 민준이 언제 이런 멋진 곳을 알아두었는지 그게 신기하기 짝이 없었다.

"음, 고등학교 2학년 여름방학 때였던가… 친구들이랑… 친구 중에 한 녀석이 S읍에 살았었거든…."

모닥불을 피우기 위해 주워 온 나뭇가지들을 꺾던 민준의 대답이 어둠 속에서 생기 있게 들렸다.

텐트 옆에 지폈던 모닥불이 다 사그라진 후에야 둘은 잠자리에 들었다. 텐트의 창을 통해 흘러든 달빛이 손수건만하게 유경의 가슴 위에 떨어졌다. 밤에 듣는 계곡의 물소리는 조금 무섭기까지 했다. 물소리에 섞여 새 소리, 멀리서 들리는 짐승 울음소리도 간간히 들려왔다. 그리고 커다란 나무망치로 땅을 치는 듯한 소리가 간헐적으로 산골짜기 전체를 둔중하게 울리며 지나갈 때도 있었다. 민준은 그게 산 울음소리라고 했다. 유경은 무섬증 든 아이처럼 화들짝 민준의 품속으로 파고들었다.

민준의 몸 냄새가 말할 수 없이 달콤하게 다가왔다. 지난

봄에 있었던 민준과의 첫 정사가 황홀히 떠올랐다. 그때 민준은 마음만 앞서 지극히 서툰 몸짓으로 급히 끝내버리고 무안한 표정을 지었다. 그래도 그것은 유경에게 언제 생각해봐도 가슴 밑까지 짜릿해져 오는 황홀하고 소중한 기억이었다. 그 일이 있은 얼마 후에 둘은 약혼을 선언했고 약혼 후엔 결혼 때까지 서로 자제하는 기분으로 한 번도 잠자리를 같이 하지 않았다. 그러나 오늘만큼은 예외이어도 좋았다. 아니, 유경은 은근히 민준과 보내는 계곡에서의 밤을 기대하고 있었다.

그러나 민준은 웬일인지 쉽사리 접근해 오지 않았다. 오히려 그의 몸은 딱딱하게 굳어 있는 듯했다. 손가락으로 가만히 민준의 가슴에다 '사랑해'라고 썼다. 민준이 이쪽으로 몸을 돌리며 마주 안았다. 뜨거워진 자신의 입술 위에 민준의 부드러운 입술이 느껴졌을 때 유경은 벌써 아득히 의식을 놓고 있었다.

유경의 몸이 저 밑바닥으로부터 서서히 달떠 오르려는 즈음이었다. 가슴을 더듬고 있던 민준의 손이 스르르 동작을 멈춰버렸다. 입술도 멀어져 갔다. 유경은 무슨 일인가 하여 민준을 넘겨다보았다. 그러고는 피식 웃지 않을 수 없었다. 민준은 고른 숨소리를 내며 어느새 잠이 들어 있었다. 한 번

되게 꼬집어 주고 싶었으나 피곤했던 모양이라고 생각하며 도로 누웠다. 원래 강하지 못한 체질인데다 매일같이 연구실에 틀어박혀 있다 오랜만에 그 무거운 배낭을 짊어지고 몇 시간을 걸었으니 그도 그럴 것이었다. 유경도 전신에 물처럼 번져오는 피로감을 느끼며 민준의 가슴에 기대어 눈을 감았다.

그러나 유경은 자신이 잠든 것을 보고 나서 민준이 머리맡의 담배를 찾아 피워 무는 것을 까맣게 몰랐다. 그 담뱃불이 오래토록 빨갛게 텐트 밖으로 새나가고 있었다는 것도….

오전의 햇볕은 벌써 뜨거울 대로 뜨거워져 계곡 위를 내려 쪼이고 있었다. 유경은 수영복 차림으로 물에 들었다. 온몸에 감겨오는 물의 차가움이 금세 잔등에 한기를 들게 했다. 유경은 물속에 서서 은근한 자신감으로 자신의 몸매를 내려다보았다. 배[梨]의 속살 같은 희고 탐스런 허벅지와 가녀린 허리의 선이 물결에 어른거리며 흔들리고 있었다.

시선을 들어 민준을 찾았다. 민준은 저쪽 물가의 숲 그늘에 약간 허약해 뵈는 어깨와 등을 구부정히 숙이고 앉아 있었다. 또 무슨 생각에 잠겼는지 발밑을 흐르는 물살에다 시선을 하염없이 풀어놓고 있었다. 한차례 물에 들었다 나온 탓으로 젖어 흐트러져 내린 앞이마의 머리카락이 민준을 더욱 사색적으로 보이게 했다. 애인을 옆에 두고 그냥 잠들어 버리는 사람이 어디 있담. 어젯밤의 기억이 떠올라 유경은 물속에서도 새삼 얼굴이 붉어졌다. 유경은 갑자기 어린아이 모양 풍덩풍덩 물장구를 요란하게 치기 시작했다.

그러다가 유경은 놀라 그 자리에 멈칫 섰다. 맞은편 풀숲 위로 시커먼 사람 머리 하나가 불쑥 나와 있는 게 보였다. 벙어리 사내였다. 사내는 여전히 봉두난발인 채 그 유난히 희게 보이는 이로 히죽이 웃고 있었다. 바보스럽기도 하고 끈끈하고 어떤 동물적인 냄새를 풍기는 기이한 웃음이었다. 아까부터 유경이 하는 양을 훔쳐보고 있었던 게 틀림없었다. 유경은 사내의 눈길이 맨살에 벌레가 닿은 것처럼 징그러웠다. 유경의 굳어 있는 자세를 발견한 민준이 유경의 시선을 따라 쳐다보자 사내의 머리는 슬며시 풀숲 속으로 가라앉아 버렸다. 잠시 후에 저만치 풀숲이 흔들리며 사내의 거대한 등이 나타나 절 쪽으로 내려가는 게 보였다.

오후에는 계곡 위쪽에 있다는 폭포를 구경하러 가기로 했다. 계곡을 거슬러 올라가는 길은 따로 없었다. 실낱같은 길은 갑자기 숲속으로 사라져버리기도 하고 계곡의 물살에 끊겨 있기도 했다. 물길을 따라 올라가면서 가로막아 서는 풀숲은 민준이 절에서 빌려온 괭이로 헤쳐 길을 내었다. 계곡은 갈수록 가팔라졌고 숲은 더욱 짙어졌다. 솔잎 냄새, 더덕 냄새, 물 냄새들이 한데 어우러진 숲의 향기가 머릿속을 투명하게 해주는 느낌이었다. 유경은 낮게 콧노래를 흥얼거리며 민준의 뒤를 따르고 있었다.

"어머낫!"

폭포소리가 와르릉거리며 숲 사이를 뚫고 들려오는 곳쯤에서였다.

맞은편 기슭으로 가기 위해 막 물을 건넌 유경의 발 앞을 뱀 한 마리가 스쳐 지나갔다. 온몸에 소름이 돋았다. 이 세상에서 가장 무서운 것을 하나 들라면 유경은 서슴없이 뱀이라 할 것이다. 그만큼 유경은 뱀을 무서워했다. 그 뱀은 광택 없는 암회색의 바탕 위에 붉은 반점이 군데군데 찍힌 징그러운 몸뚱이를 재빨리 꿈틀거리며 바위 뒤로 미끄러져 들고 있었다. 날카롭고 길게 갈라진 까만 혀를 날름거리며…. 그 전율스러운 야생의 꿈틀거림. 민준의 괭이가 그 꿈틀거림 위로 내려쳐진 것은 그놈이 바위를 채 돌아가기 전이었다. 첫 일격을 꼬리 부분에 맞은 뱀은 허연 배를 뒤틀며 고통스러워하더니 도망가기를 포기한 듯 곧 세모꼴의 머리를 치켜들며 반격의 자세를 취했다. 민준의 두 번째 타격은 빗나갔다. 빗나간 괭이의 머리를 향해 뱀의 대가리가 잽싸게 꽂혀들었다. 이빨이 닿은 괭이 머리에 금방 독물로 인한 얼룩이 생겼다. 민준은 뱀의 이빨로부터 괭이를 빼내며 다시 내리쳤다. 정통으로 맞은 뱀의 대가리가 무슨 열매처럼 으깨졌다. 머리를 잃은 뱀의 몸뚱어리가 실꾸리 모양으로 뒤틀리며 격렬하게 요동을 쳤다. 끔찍했다.

그런데도 민준은 내려치기를 멈추지 않았다. 웬일인지 민준은 꿈틀거리는 뱀의 몸뚱아리를 향해 미친 듯이 괭이를 휘둘러대고 있었다. 그 뱀에게 무슨 원한이라도 가진 양, 아주 가루를 만들어버릴 기세였다. 눈에는 이상한 열기마저 띠고 있었다. 민준의 눈에 떠 있는 그 열기를 얼핏 발견하고 유경은 새롭게 긴장했다. 그것은 유경이 여태껏 한 번도 보지 못한 민준의 눈빛이었다. 알 수 없는 증오와 적의가 담긴 눈빛, 민준이 하찮은 뱀 한 마리로 인해 그런 눈빛을 짓는다는 것은 정말 터무니없는 일이었다.

민준이 괭이질을 멈춘 것은 뱀이 여기저기 내장이 터져 나온 허연 배를 하늘로 하고 걸레조각처럼 늘어져버린 후였다. 민준은 그제야 뱀에게서 물러나오며 열없이 웃어 보였다. 유경은 아직도 자신이 모르는 부분이 민준에게 많다는 사실을 깨달으며 다시 막연한 불안감에 휩싸였다.

"…뱀이 사람의 오금을 얼어붙게 만드는 것은 그 징그러움보다는 그 소름끼치도록 생생한 생명력 때문일 거야… 아무 거리낌 없이 이 자연에 내던져져 있는…."

폭포로 올라가고 있는 도중이었다. 민준의 낮은 목소리가 훨씬 가깝게 들리는 폭포소리에 섞여 들고 있었다.

"…한때는 인간도 그런 생명력으로 살아가던 때가 있었지… 독사와 맹수와 아니 모든 자연과 투쟁하며 온몸으로 싸우며 살아가던 옛날 원시시대 말이야. 그때 인간은 온몸으로 자연을 느꼈으며 그것과 맨몸으로 부딪혀 싸워나가는 저 뱀과도 같은 강한 생명력을 지니고 있지 않았을까… 육체적으로뿐만 아니라 정신적으로도…."

폭포소리가 완연히 가까워졌다.

'그럼, 아까 네가 보인 그 생명력에 대한 적의는 뭐지?'

유경은 속으로 민준을 향해 묻고 있었다.

"그러나 인간은 이런 괭이 같은 도구를 만드는 지혜를 발견하고부터 머리로 살아가게 되었고 머리로 살아가게 되면서부터 점차 그러한 생명력, 이 우주 속에 아무 거리낌 없이 내던져져 있는 그 생생하고 순수한 생명력을 잃어가고 있는지도 몰라….”

민준의 이야기는 조금씩 열기를 띠어가다가 거기서 슬며시 그쳤다. 유경은 민준의 다음 말을 기다렸으나 민준은 뭔가 더 말할 듯하다가 그만두어버리는 눈치였다. 저만치 숲 사이로 폭포의 어깨가 내다보였다.

폭포는 무한한 힘으로 거인처럼 거기 서 있었다. 십오륙 미터는 실히 됨직한 높이에서 거침없이 떨어지는 우렁찬 물소리는 의식의 저 밑바닥까지 뒤흔들어놓는 느낌이었다. 햇빛을 부서뜨리며 낙하하는 물줄기가 밑바닥에 놓인 바위에 부딪혀 안개 빛 뽀얀 물보라를 일으키고 있었다. 폭포 주위에는 참나무들이 우거졌고 폭포가 만들어 놓은 소(沼)는 그렇게 깊어 보이지는 않았으나 유경의 키 한 길은 더 되어보였다. 유경은 뱀도 민준의 그 이상하던 눈빛도 모두 잊어버린 채 저도 모르게 탄성을 울렸다. 민준도 폭포를 올려다보며 오랜만에 미소를 떠올리고 있었다.

“그때….”

소(沼)의 물에 발을 담그고 둘이 나란히 앉았을 때였다. 민준이 밑도 끝도 없이 입을 열었다.

“…….”

"고등학교 때 친구들이랑 여기 놀러 왔을 때 말이야, 바로 이 자리에서 친구 녀석과 그 녀석의 여자 친구가 정사를 벌이고 있는 것을 우연히 보았지."

"여자아이들도 같이 왔어?"

유경이 묘한 질투심을 일으키며 물었다.

"음, S읍에 산다는 친구 녀석이 같은 동네에 사는 동기 여학생들을 데려왔거든."

"흥, 조숙들 했군. 그래서?"

"폭포 구경을 하고 다들 내려갔지. 나는 저쪽 숲속에서 무슨 풀뿌리를 찾느라고 뒤처졌어. 늦은 것을 알고 급히 폭포 쪽으로 내려오는데 바로 이 자리에서 S읍에 산다는 그 친구 녀석과 녀석의 여자 친구가 엉켜 있는 걸 보게 된 거야. 아마 다들 내려간 줄 알았나 봐. 나는 얼른 몸을 숨기고 훔쳐보기 시작했지."

"엉큼하긴…."

"그런데 이상한 것은 그것이 전혀 추하게 느껴지지 않더라는 거야. 오후의 기울어진 햇빛을 받으며 폭포를 배경으로 둘이 산짐승처럼 엉켜 있는 그 장면이 오히려 아름답기까지 했어. 신선한 충격과도 같은 아름다움. 윤리니 뭐니 하는 것 그 이전의 문제였지. 그것은 내가 접한 최초의 성(性)

이었어. 후에 성의 여러 추악한 면을 알게 되면서도 이상하게 그 장면은 늘 아름답게 남아 있었어. 그것은 아마 그 장면의 배경 때문이었는지도 모르겠군. 이 햇빛과 숲, 폭포… 만약 다른 장소에서 내가 그들을 발견했더라면 그렇게 아름답게 느끼진 못했을 거야."

"그런 탐미주의자이신 줄을 미처 알아뵙지 못했군."

유경은 빈정대듯 받으며 혹시 이 사람이 금방이라도 달려들지 않을까 긴장했지만, 민준은 말의 내용과는 다르게 어두운 표정으로 폭포 줄기에 눈을 주고만 있었다.

골짜기에 산그늘이 내리기 시작할 무렵 둘은 폭포를 등지고 내려왔다. 민준이 뱀을 잡았던 곳에 이르러 저녁 하늘 위로 하늘하늘 피어오르고 있는 연기 자락과 마주쳤다. 그 벙어리 사내가 모닥불을 피워놓고 있었다. 사내는 불 앞에 쭈그리고 앉아 뭔가를 굽고 있었다. 길쭉한 동아줄 토막 같은 것을 낫에다 걸쳐서 불 위에 올려놓고 있는 게 보였다.

유경은 사내가 굽고 있는 게 뭔가를 알아차리고 그 자리에 멈칫 섰다. 뱀이었다. 민준이 괭이로 때려잡았던 그 머리 없는 뱀의 사체였다. 사내는 살점이 형편없이 떨어져 나간 너덜너덜한 뱀의 시체를 굽고 있었던 것이었다. 사내의 발

밑에는 몸뚱어리에서 벗겨낸 뱀가죽이 허물처럼 팽개쳐져 있었다. 불 위의 뱀 고기는 이쪽까지 역한 냄새를 풍기며 검게 익어 들고 있었다. 저절로 양미간이 찡그려지고 갑자기 속이 메슥거려왔다. 사내가 인기척을 느꼈는지 힐끗 돌아다보았다. 그러고는 천연덕스럽게 다 익은 고기를 한 조각 툭 잘라 입으로 가져갔다. 심한 구토증이 몰려왔다. 사내가 보란 듯이 뱀 고기를 우물우물 씹으며 유경을 향해 벌쭉 웃었다. 웃을 때 드러난 이 사이에 까만 찌꺼기들이 점처럼 박혀 있는 게 보였다. 유경은 얼른 외면하고 도망치듯 가던 길을 뛰어가지 않을 수 없었다. 그러나 얼마 가지 못하고서 풀숲에 토하고야 말았다. 민준이 잠잠히 유경의 등을 두드려주었다.

계곡에서 두 번째 맞는 밤이 깊어갔다. 내일은 하산할 계획이었다. 유경은 간헐적으로 들려오는 짐승 울음소리에 귀를 기울이고 있었다. 짧게 몇 번, 이어서 길게 꼬리를 끌고 사라지는 그 소리는 마치 무엇을 애타게 찾는 듯한 애조를 띠고 유경의 가슴에 다가왔다.

"무슨 생각 해?"

유경은 어둠 속 민준의 옆얼굴 선이 무척 아름답다고 느꼈다.

"음, 네 생각."

"피이, 거짓말."

"정말이야."

유경은 오늘밤만은 이 맹꽁이 같은 남자를 그냥 자게 내버려두지 않을 거라고 속으로 다짐하고 있었다.

"낮에 나 수영복 입은 거 봤어? 어땠는데?"

"예뻤어."

"또 또 상투적인 대답. 내가 감동할 만한 깜찍한 멘트 없어?"

민준이 낮게 웃었다.

"……."

"……."

침묵이 한동안 이어졌다.

"날 사랑하기는 해?"

그 침묵의 끝에서 유경은 장난기가 가신 차분한 음성으로 이번 캠핑을 떠나온 이래로 줄곧 묻고 싶었던 말을 기어코 하고 말았다.

"……."

"사랑하냐구…."

재차 묻고 있는 유경의 입을 민준의 입술이 급작스럽게 막아버렸다.

민준의 애무는 거칠고 격렬했다. 웬일인지 무엇에 쫓기기라도 하듯 초조해 뵈고 서두르는 구석이 있었다.

민준의 입술과 혀가 목덜미와 가슴으로 파고들 때 유경은 민준의 그 거친 동작에 내심 당황하면서도 몸의 저 깊숙한 곳으로부터 서서히 달떠 오르는 욕망의 소리를 듣고 있었다. 그것은 조류에 흔들리는 해초처럼 일어나 말할 수 없이 부드럽게 달콤하게 온몸을 충족시켜 나갔다.

유경은 푸른 풀밭 위를 맨발로 달려가고 있었다. 햇빛이 손끝에 묻어날 듯 따스하게 내려쬐고 어디선가 새소리가 들려왔다. 하늘엔 탐스런 뭉게구름이 피어 있었다. 조금만 더 힘껏 달려가면 온몸이 그 하늘 위로 붕 떠오를 것도 같았다.

갑자기 누군가 그러한 유경의 몸을 왈칵 밀쳤다. 민준이었다. 민준은 유경을 밀쳐버리고 돌아누우며 짐승처럼 울부짖었다. 유경은 퍼뜩 정신이 들었다.

"안 돼. 틀렸어. 틀렸다구…."

민준은 흐느끼고 있었다. 처음에는 그게 무슨 뜻인지 얼른 알아차릴 수가 없었다.

"왜 그래?"

몸을 일으키며 유경이 조심스럽게 물었다.

"그게 되질 않아, 그게…."

"무슨 소리야? 그게 뭔데?"

"바보야. 난 임포라구…."

"임포? 그게 뭔…!"

유경은 그제야 민준의 울음이 무엇을 의미하는지 깨달았다. 그랬었구나. 민준은 성불능이었던 것이다. 모든 게 확연해져왔다. 민준의 그 침묵과 우울 그리고 어젯밤 행동의 근원이 무엇이었는지…. 흐느낌으로 들먹이는 민준의 등을 내려다보며 유경은 차츰 그가 가엾어지기 시작했다. 그의 등을 꼭 껴안았다. 울음소리가 등을 통해 우릉우릉 들려왔다.

"언제부터야?"

흐느낌이 어느 정도 가라앉은 후였다.

"모르겠어, 언제부턴지. 나도 모르는 사이에 그렇게 되어버렸어."

"병원엔 가봤어?"

"병원뿐만 아니야…. 의사들도 확실한 원인을 모르는 모양이야. 심신이 피로하고 신경을 많이 쓰면 그런 수도 있다고 얼마간 쉬어보라고만 해."

"괜찮아. 나아질 거야."

"아냐, 틀렸어. 아무리 애를 써도 되질 않아. 다 틀린 거야. 우리 결혼이구 뭐구…."

"아니야. 그렇지 않아. 나을 수 있어."

그러나 유경은 자신의 말이 민준에게 전혀 위로가 되지 않음을 스스로 느끼고 있었다.

민준은 잠이 든 듯했다. 유경은 잠을 이룰 수가 없었다. 앞으로 민준을 어떻게 대해야 할지 암담하기만 했다. 결혼이고 뭐고 다 틀렸다는 민준의 말이 비수처럼 가슴 한구석에 꽂혀 있었다. 생각들이 헝클어진 실타래처럼 얽혀 갈피를 잡을 수가 없었다. 머리만 지끈거리며 쑤셔왔다.

유경은 텐트를 빠져나왔다. 산골짜기엔 달빛이 푸른 휘장처럼 가득 내려 있었다. 풀숲에 열린 이슬방울들이 반짝이는 물결을 이루어놓았다. 온몸에 끈끈하게 배어 있는 땀기와 혼란스럽기만 한 생각들을 씻어내기 위해 목욕을 하고 싶었다.

물가에는 산안개가 가득 피어올라 물소리를 감추고 있었다. 밤의 물은 얼음보다 더 차가웠다. 턱이 덜덜 떨려왔다. 유경은 입술을 깨물며 오랫동안 물속에서 버티었다. 몸의 저 밑바닥에 무슨 죄처럼 끈질기게 남아 있는 욕망의 찌꺼기마저 씻어내고 싶어서였다. 피어오르다 억눌려버린 그 욕망의 찌꺼기.

물가에 벗어둔 옷을 다시 입고 있을 때였다. 시커먼 그림자가 등 뒤로부터 유경을 덮친 것은 바로 그때였다. 유경은 소스라치게 놀라 엉겁결에 달아나려 하였으나 몸은 이미 그림자 밑으로 깔려들고 있었다. 시큼한 땀 냄새가 훅 끼쳐왔다.

“우으어.”

그림자가 낮게 괴성을 질렀다. 벙어리 사내. 아니 그것은 한 마리 짐승이었다. 유경은 소리를 지르려 하였으나 너무 놀란 나머지 혀가 굳기라도 한 듯 소리가 나오지 않았다. 본능적으로 사내의 얼굴을 할퀴고 어깨를 물어뜯으며 몸부림쳤다. 그러나 그것은 바위를 간질이는 격에 불과했다. 사내는 정말 바위 같은 힘으로 유경의 온몸을 옴짝 못하게 얽어 들었다. 뱀, 뱀이었다. 사내는 마치 거대한 한 마리 산 뱀처럼 유경을 칭칭 감아들고 있었다. 유경은 다시 마지막 힘을 팔에 모아 사내의 얼굴을 밀어냈다. 그러나 사내의 손길이 바빠지면서 계곡의 차가운 물에 씻겨간 줄 알았던 그 욕망의 찌꺼기가 치욕스럽게 고개를 들고 일어나며 팔의 힘을 빼앗고 있었다. 의식의 한쪽 귀퉁이가 조금씩 허물어지면서 산안개가 밀려들었다. 눈앞에 서서히 피어오르는 산안개. 귓속에서 둔중한 산 울음소리가 울렸다.

"워—억."

갑자기 사내가 비명을 지르며 옆으로 나자빠졌다. 어느새 왔는지 민준이 엎어진 사내의 등 뒤에서 괭이자루를 높이 치켜들고 서 있었다. 그 괭이자루가 다시 사내의 어깻죽지를 향해 매섭게 날아들었다. 사내의 기괴한 비명소리가 더욱 높아졌다. 민준의 눈빛이 달빛 아래 섬뜩하게 빛나고 있었다. 낮에 뱀을 잡을 때의 그 눈빛이었다. 민준은 상처 입은 맹수처럼 사내를 향해 미친 듯이 괭이자루를 휘둘러댔다. 그대로 두면 무슨 일이 일어날 것만 같았다.

"안 돼!"

그제야 목이 터진 유경이 소리쳤을 때야 민준은 괭이자루를 내렸다. 그 틈을 타 사내가 둔한 신음소리를 남기고 엉금엉금 기다시피 어둠 속으로 사라졌다. 사내가 사라진 후 유경은 토했다. 신물이 왈칵왈칵 목구멍을 타고 넘어왔다. 그러나 깊은 수치심은 여전히 가슴에 남아 있었다.

아침이었다. 하산하기 위해 짐을 챙기고 있는 민준의 얼굴이 눈에 띄게 핼쑥해 보였다. 그 얼굴에는 여전히 어두운 그늘이 져 있었다. 배낭의 마지막 끈을 다 묶고 일어선 민준이 이쪽으로 걸어오며 애써 웃어 보였다. 그 웃음이 또 가슴 한끝을 아리게 해 유경은 얼른 외면하고 말았다.

"폭포를 한 번 더 보고 싶군."

가까이 다가선 민준이 중얼거리듯 말했다. 유경은 민준의 그 기분을 이해할 수 있을 듯해서 가만히 고개를 끄덕여 보였다.

폭포는 여전히 거대한 힘으로 서 있었다. 우렁찬 물소리를 거느리고 오전 햇빛 속에 의연히 서 있었다. 뽀얀 물보라가 희미한 무지개를 그려놓았다. 둘은 폭포 앞의 너른 바위 위에 나란히 앉았다. 민준은 말없이 멍한 시선으로 폭포를 올려다보고 있었다. 어색한 침묵이 흘렀다. 요란한 폭포소리만 그 침묵 사이를 와룽와룽 떠돌아다녔다.

폭포를 바라보며 유경은 비로소 민준이 자신을 이 골짜기로 데려온 이유를 깨달았다. 거대한 폭포, 폭포 앞에서 벌이던 고등학교 친구의 아름다운 정사…. 이곳에서 어쩌면 자신을 치유할 수 있으리라 믿었던 것은 아닐까.

갑자기 길 아래쪽에서 인기척이 났다. 고개를 돌린 순간 유경은 숨이 턱 막혀오는 느낌이 들었다. 벙어리 사내였다.

민준의 매에 맞아 어디 한 군데가 부서졌을 것이라 생각했던 사내가 멀쩡한 모습으로 올라오고 있었다. 둘의 뒤를 밟아온 눈치였다. 사내는 조금 아래쪽 물가에 주저앉으며 이쪽을 향해 바보스럽게 벌쭉 웃어보였다. 시퍼렇게 멍이 들고 부어오른 한쪽 눈이 그 웃음을 더욱 바보스럽게 만들고 있었다. 그리고는 사내는 메고 온 배낭에서 약초뿌리 같은 걸 꺼내 씻기 시작했다. 마치 어젯밤에 아무 일도 없었다는 듯 아주 천연덕스런 몸짓이었다. 어젯밤 자신이 했던 행동이 잘못이라는 것을 깨달을 만한 이성이 사내에게는 없는게 아닐까 하는 생각이 들었다. 유경은 어젯밤의 수치스런 기억이 뱀처럼 고개를 들어 얼른 사내에게서 시선을 돌려 민준을 쳐다보았다. 민준은 안경 너머로 사내를 뚫어져라 지켜보고 있었다. 그 눈빛에 적의는 담겨 있지 않았다. 사내를 통해 뭔가 깊숙한 자기 생각에 빠져 있는 듯한 눈빛이었다. 그러나 유경은 민준의 그 눈빛이 자꾸 자기를 향하고 있는 것처럼 느껴졌다.

"저 꽃 좀 봐."

민준의 시선을 사내에게서 돌리기 위해 유경은 아까부터 바라보고 있던 절벽 위의 앵초꽃을 손으로 가리켜 보였다. 엷은 자색의 꽃 서너 송이가 폭포의 물줄기 바로 옆, 절벽

꼭대기에 피어 있었다.

"예쁘네."

유경이 사내의 존재를 무시하려는 의도로 또 그 의도가 민준에게 동의되기를 바라며 큰 소리로 말했다. 민준은 말없이 고개를 끄덕여 보였다. 그때까지 이쪽을 힐끔힐끔 훔쳐보고 있던 사내가 성큼성큼 걸어 올라왔다. 사내는 둘의 앞을 유유히 지나쳐 절벽 밑으로 돌아 들어갔다. 그러고는 서슴없이 절벽을 기어오르기 시작했다. 그때까지 둘은 사내가 무엇을 하려는지 알아차리지 못했다.

물에 젖어 미끈거리는 암벽을 사내는 그 거대한 팔다리의 근육을 불끈거리며 민첩하게 기어올랐다. 산짐승처럼 능숙한 솜씨였다. 어젯밤에 그렇게 심한 매를 맞은 사람이라고는 도저히 믿어지지 않을 지경이었다.

금방 꽃을 꺾어 절벽 위에 올라선 사내가 이쪽을 내려다보며 히뭇이 웃었다. 그 웃음에는 바보 특유의 자랑스러움이 점액처럼 묻어 있었다. 사내는 꽃을 아래로 던지고 절벽 너머로 가뭇 사라져버렸다.

사내가 던진 꽃이 소(沼)의 물 위에서 맴을 돌다가 물살을 따라 아래로 떠내려갔다. 그 꽃을 따라 눈을 주고 있던 민준이 유경을 돌아다보며 입가에 묘한 웃음을 떠올렸다.

자조적으로 보이기도 하고 가소롭다는 뜻으로 보이기도 하고 음습해 보이기도 하는 묘한 미소를 잃지 않은 채 민준은 천천히 일어섰다. 그러고는 유경을 한 번 더 돌아보고 절벽을 향해 몸을 돌렸다. 민준이 무엇을 하려는지 알아차리고 유경은 하얗게 질려버렸다. 유경은 엉겁결에 일어서며 그를 잡으려 했다.

"안 돼."

그러나 그 말이 혀끝에서 맴돌 뿐 이상하게 입 밖으로 나오지 않았다. 그것은 훗날 유경이 오래 생각해보아도 이상한 노릇이었다. 왜 그때 민준을 말리지 않았는지. 그것이 민준의 단호했던 그 뒷모습 때문이었는지 묘한 미소 때문이었는지 아니면 또 다른 힘 때문이었는지 알 수 없었다. 그리고 그때 무엇이 민준을 그 절벽으로 불렀는지 무엇이 민준으로 하여금 그 하찮은 벙어리 사내 흉내를 내게 했는지 알 수 없었다.

이윽고 민준은 절벽을 오르기 시작했다. 그의 하얀 얼굴이 검은 암벽을 배경으로 더욱 하얗게 보였다. 민준은 한 발 한 발 용케 올라서고 있었다. 암벽의 돌기 부분을 부여잡은 팔이 떨리고 있었다. 중간쯤에 이르러서였다. 한쪽 발을 헛디디며 민준의 몸이 주르르 미끄러져 내렸다. '안 돼!' 그러나 민준은 간신히 몸을 다시 추스르고 기어오르기 시작했다. 유경은 이마에 한기를 느꼈다. 미끄러지는 바람에 민준의 안경이 떨어져 폭포 물에 잠겨버렸다. 그러나 민준은 끈질기게 기어오르고 있었다. 거의 필사적이었다. 이를 악물고 얼굴이 땀에 흠뻑 젖어 있는 게 어떤 비장미마저 느끼게 했다.

민준의 뻗친 손이 꽃을 막 꺾었다고 느낀 순간이었다. 한쪽 발이 폭포의 물줄기에 휩쓸리며 그의 몸이 크게 균형을 잃고 아래로 곧게 떨어져 내린 것은.

그제야 터진 유경의 비명이 온 골짜기를 울리며 퍼져나가 메아리로 되돌아 왔다. 폭포소리가 더욱 요란해지고 있었다.

N 형을 위해

N 형이 이민을 떠났다는 소식을 들은 것은 카페 떼아뜨르에서였다. 나는 참으로 오랜만에 그의 깡마른 얼굴을 떠올렸다. 약간의 비애와 연민, 그리고 그보다 더 큰 씁쓸함과 함께.

그날 떼아뜨르에 들른 것은 정말 우연이었다. 모 신문사가 주최하는 강연회에 참석하고 난 뒤 지인을 만날 계획이었지만, 약속이 깨지는 바람에 갑자기 허공에 뜬 시간이 생겼기 때문이었다. 집으로 돌아가기엔 뭔가 아까운 생각이 들었고, 그렇다고 딱히 할 일도 없었던 터라 생각난 곳이 떼아뜨르였다.

그 카페는 낡은 간판을 달고 여전히 사직동 뒷골목에 숨어 있었다.

그곳은 내가 그 동네 서민아파트에서 신혼생활을 시작하던 시절만 해도 거의 유일한 고급 카페였지만 지금은 새롭고 깔끔한 커피숍과 주점 및 노래방이 즐비한 이 거리에서 유일하게 남아 있는 촌스러운 카페가 되어버렸다.

그러나 그곳은 나에겐 특별한 장소였다. 결혼을 하고 아이들을 낳아 기르면서 중년의 나이가 될 때까지 뻔질나게 드나들던 곳이요, 많은 친구들을 비롯해 직장동료, 또 그 집의 다른 단골손님들과 더불어 술잔을 기울이던 곳이었다. 말하자면 그곳은 내 젊은 날의 기억을 새롭게 하는 토포필리아였던 것이다.

주로 학교의 선생님이나 대학교수, 글쟁이들의 단골집이었던 그곳에서 나는 많은 사람들을 만났고 또 헤어졌다. 아직도 그 집에서 만날 수 있는 얼굴이나 이젠 사라진 얼굴이나 모두 다 내 삶의 일부를 이루는 소중한 추억으로 남아 있는 것이었다.

N 형은 오래전에 그 집에서 사라진 얼굴 중의 하나였다.

근 일 년 만에 들른 떼아뜨르는 여전히 옛 모습 그대로였다. 낡은 소파와 오래된 테이블, 무덤덤한 표정으로 벽에 걸린 화초 정물 액자까지. 한때는 그곳을 드나드는 술꾼들의 가슴을 설레게 했던 미모의 마담도 이젠 환갑을 바라보는 중늙은이가 되어 카운터를 지키고 있었다.

"아유, P 선생. 살아 있었어? 난 또 N 선생처럼 이민이라도 간 줄 알았지. 너무 오랜만이야."

떼마담이 앞자리에 앉으며 오랜 단골손님에 대한 무람함을 잊지 않고 반가워했다. 떼마담이란 떼아뜨르 마담을 줄여서 손님들이 붙여준 그녀의 별명이었다.

"N 형이 이민 갔어요?"

나는 술잔을 들다 말고 그녀를 바라보았다. N 형의 이야기도 오래간만이었지만 이민을 갔다는 것도 의외였다.

"몰랐어? 꽤 되었다던데…."

"그가 이민은 왜…. 어디로 갔답니까?"

"그게 말이야. 태평양에 있는 어느 섬이라던데, 뭐라 그러더라, 팔…, 팔라우. 어, 그래 맞아. 팔라운지 살라운지라고 그러더라구. 나도 잘 모르는 곳이야."

"팔라우요? 그런 곳도 있어요?"

"내 참, 여기 무식한 손님과 마담 둘이 술 마시고 있군 그래."

떼마담은 웃었지만, 나는 혼란을 느끼고 있었다.

그 혼란스러움은 두 가지 이유에서였다. 우선은 팔라우라는 나라가 지구상의 어디에 붙어 있는지 알 수 없다는 거였고, 또 다른 이유는 오십을 넘긴 나이에 이 땅에서 쌓아놓은 기반을 훌훌 버리고 이름도 모를 태평양의 어느 먼 섬으로 훌쩍 떠나버린 그의 심리가 이해되지 않아서였다.

그러나 가만히 따지고 보면 통 이해 못 할 것도 아니라는 생각도 들었다. 그가 이 땅에서 겪었던 그 연속된 실패와 좌절에 비추어 보면 그런 탈출구를 모색하였음 직하다는 생각이 들기도 하는 것이었다.

N 형을 처음 만났던 것도 떼아뜨르에서였다. 내가 교사 생활을 하면서 국문학과 대학원에 진학을 했던 때니까 80년대 후반이었을 것이다. 그를 소개한 사람은 친구 S였다. 사회학을 전공하지만 문학에 매우 조예가 깊은 사람이 있으니 알고 지내면 도움이 될 것이라고 S는 나를 꼬드겼다.

그의 첫인상은 유감스럽게도 썩 유쾌한 것이 아니었다. 날카로운 눈매와 냉랭해 보이는 표정은 처음 보는 사람에 대한 경계심을 숨기지 못하고 있었다. 훌쩍 큰 키와 미남형 얼굴에도 불구하고 전체적으로 굉장히 차가운 인상을 주었다. 마치 웃는 법을 잊어버린 사람처럼 보였다. 문학에 대한 가벼운 화제에서조차 지나치게 단정적인 해석과 학술적인 태도로 일관하던 그가 다소 재수 없게 여겨지기도 했지만,

나는 연장자에 대한 예의로 그의 말에 건성으로 고개를 끄덕여 보였다.

그런 첫인상에도 불구하고 그와의 만남이 지속되었던 것은 순전히 S의 눈치 없이 사람 좋은 성품 때문이었다. S는 나와 만나는 자리에 꼭 그를 불러내는 습벽이 있었다.

그가 내게 대한 경계심을 푼 것은, 혹은 내가 그의 말에 건성으로 대하지 않게 된 것은 아마 눈 때문이었을 것이다. 어느 겨울날이었다. 그는 S의 연락을 받고 뒤늦게 떼아뜨르에 모습을 나타냈다. 또 한참 문학과 사회학에 대한 그의 장광설이 이어졌는데, 나는 머리카락을 가르듯이 세밀한 그의 개념 정리가 지겨워져 술맛을 잃을 지경이었다.

"어머, 눈 와요."

그때 카페 창문을 열어보던 마담이 소리쳤다. 나는 구원을 받은 듯이 벌떡 일어나 창문으로 달려갔다. 부산에서 눈 구경을 하는 게 어디 쉬운 일인가. 창밖에는 정말 주먹만 한 함박눈이 푸지게 내리고 있었다. 거리의 불빛 속에 나비떼처럼 날며 내리는 눈발을 보고 있을 때, 누군가 외쳤다.

"나가자. 눈이 오시는데 이러구 있을 거야? 나가자구!"

돌아보니 바로 그였다. 그는 S와 다른 창문에 붙어 서서 밖을 내다보고 있다가 우리를 돌아보고 그렇게 외쳤던 것이다. 그는 어린애처럼 상기된 표정을 하고 있었는데, 그건 그때까지 내가 N 형의 얼굴에 떠오를 것이라곤 상상할 수 없었던 모습이었다. 좀 전의 그 진지한 얼굴 어디에 저런 장난기 가득한 표정이 숨어 있었단 말인가. 나는 그날 그의 두 얼굴을 보았는지도 모른다.

우리는 아연 활기를 띠고 우르르 거리로 몰려나갔다. 늦은 밤 눈 내리는 거리엔, 차량도 없고 행인도 없이 오직 함박눈만이 지천으로 내리고 있었다. 마담도 합세하여 우리는 거리를 하염없이 걸었다. 쌓인 눈을 뭉쳐 눈싸움을 하기도 하고 뒷덜미에 눈뭉치를 집어넣는 장난도 치면서 희희낙락 거리를 휩쓸고 다녔다. 그리고 노래를 부르기 시작했다. 돌아가며 부르던 노래는 결국 합창이 되곤 했다. 한밤중 우리의 거리 공연은 참 즐거웠다. 그날 그가 부른 '눈이 내리네'는 참 절창이었다.

그날 이후로 나는 그를 좋아하게 되었다고 감히 말할 수 있으리라. 그에게도 그런 소탈하고 낭만적인 구석이 있다는 사실이 무척 반가웠다.

내가 처음 그의 집에 갔었던 것이 그 세월의 어느 어름이었는지는 기억이 정확하지 않다. 당시 그는 사직동의 단독주택에 살고 있었다. 그날도 셋이 어울려 밤늦도록 떼아뜨르에서 술을 마시다 취기가 오르자 그가 먼저 자기 집에 가서 한잔 더 하자고 앞장을 섰다. 술꾼들의 습관 중에 하나가 취하면 자기 집으로 모주꾼들을 끌고 가는 것이라지만 S라면 몰라도 아직 서먹한 기가 다 빠지지 않은 사이인 나까지 끌고 가는 것은 의외였다.

그의 집에서 처음 그의 아내와 수인사를 나누었다. 무슨 사업인가를 한다는 형수는 늦게 쳐들어간 술꾼들에게 조금도 싫은 기색 없이 웃는 얼굴로 술상을 차려 내왔다. 몹시 세련되어 보이고 아주 대가 차면서도 통이 큰 여자로 보였다.

서재로 쓰는 그의 방은 작은 도서관이라고 불러도 전혀 손색이 없을 정도로 책이 많았다. 사방 벽에 온갖 서적들이 빼곡히 들어차 있었다. 변변한 소설 전집 하나 갖출 형편이 못 되었던 나로서는 기가 질릴 정도였다. 게다가 그 책들의 대부분이 일반 교양서적 따위가 아니라 문학, 철학, 미학에 관한 전문서적들이라는 게 나를 더욱 주눅 들게 했다. 책상에 앉아 있는 그가 백만대군을 거느린 황제처럼 보였다, 책꽂이의 책들은 열병식을 거행하는 병사들처럼 한 치의 빈틈도 없이 늘어서 있었다. 그는 그런 책의 대군을 보여주는 것이 무척 자랑스러운 얼굴이었다. 그게 나의 착각이었대도

할 수 없지만.

아무튼 그것은 자랑할 만한 것이었다. 나는 한 개인이 그렇게 많은 책을 소장하고 있는 것을 그때까지 한 번도 보지 못했다. 그 많은 서적을 모으기 위해 그가 투자했을 노력과 금전만으로도 자랑할 만한 것이었다. 또한 그런 그의 지식에 대한 열정이 부럽기도 했다. 그 많은 서적들은 그의 지식에 대한 갈증의 명백한 기표가 틀림없을 테니까.

또 하나 인상적이었던 건 서재에 놓인 그 크고 웅장한 오디오와 스피커였다. 스피커 옆에 역시 가지런히 정돈된 클래식 음반의 대열도 감탄스러운 것이었다.

그날 우리가 양주를 마시며 들었던 주페의 '경기병 서곡'은 정말 굉장한 것이었다. 대형 스피커에서 흘러나오는 그 웅장한 소리, 풍부한 음량과 힘 있는 음색은 정말 기병들이 스피커를 뚫고 뛰쳐나올 것 같은 착각을 주기에 충분했다. 왜 비싼 오디오가 좋은지를 확실히 보여주는 것이었다.

그는 오디오 마니아답게 앰프와 스피커의 종류와 성능과 가격에 대해 한참 동안을 설명해주었지만 내가 알아들을 수 있는 건 별로 없었다. 다만 기억에 남는 것은 시골에서 가난하게 자라고 여전히 가난뱅이인 소설가에 불과한 나의 경제적 관념으로는 납득하기 어려울 정도로 대단히 비싼 물건이란 것뿐이었다.

그러나 사실은 그의 음악에 대한 취미가 사치스러워 보여 좀 언짢기도 했었다. 값비싸고 멋진 오디오가 좋은 음악을 결정하는 것이 아니라 결국은 훌륭한 곡이 좋은 음악으로 결정되는 것이란 생각 때문이었다. 그런 생각은 지금도 변함이 없다.

그날 내가 그의 예술 취미에서 키치적인 요소를 발견하고 속물적인 냄새를 맡았다면 못 가진 자의 억하심정일까. 그 생각이 뜻밖에 N 형에 대한 모욕이 되지 않기를 바랄 뿐이다.

우리는 그런 식으로 떼아뜨르에서의 만남을 이어갔다. 약속을 잡아서 만나기도 하고 우연히 혼자 들렀다가 역시 혼자 온 그나 S를 만나기도 했다. 둘이 만나면 꼭 나머지 하나를 불러내어 기어코 셋이서 어울려야 직성이 풀리곤 했다. 그렇게 우리의 정도 쌓여갔고 내남없이 돈독한 사이를 구축해나갔다.

그리고 세월이 흘렀다. 우리의 화제는 늘 진지했고 아카데믹했다. 아니 그와 함께 있는 자리에서는 늘 그런 식으로 화제가 흘렀다. 종종 우리와 합석한 마담이 당신네들 이야기는 너무 어려워 재미가 없다고 분연히 자리를 박차고 일어나기도 했을 정도였다.

떼아뜨르에서 일어났던 다음의 사건 역시 N 형 성격의 단면을 잘 보여주는 일이었다.

그때가 한창 전교조 사태로 전국이 시끄러운 시절이었는데, 근처에 있는 사립고등학교 선생들 중에도 떼아뜨르의 단골손님들이 꽤 있었다. 그 학교는 교사들끼리 전교조파와 재단파로 나뉘어 갈등이 첨예하기로 소문이 났었다. 그 덕분에 떼아뜨르에서도 양 파의 선생들이 심심찮게 언쟁을 벌였는데, 경우에 따라선 욕설과 함께 술잔과 의자를 집어던지는 난투극도 연출했었다.

어느 날 우리가 그 학교 전교조 선생들과 합석을 하게 됐는데 그 선생들 중에 내가 아는 지인이 있었기 때문이었다. 그때까지만 해도 나는 심정적으로는 전교조를 지지하고 있었지만 특별히 가입하여 활동을 하진 않은 상태였고 또 그런 시국 사안에 특별한 관심도 없는 편이었다. 그리고 그나 S와 있을 때 그 문제를 화제에 올려본 적도 없었다. 그런데도 자리가 자리이다 보니 자연히 전교조에 대한 이야기가 나왔고 교육현실과 교육관에 대한 토론 비슷한 것이 펼쳐지게 되었는데, 그날 그는 전교조에 대해 상당히 비판적인 발언을 쏟아낸 것으로 기억된다. 교육 현실에 대해서 먼저

토론을 제의하고 나선 것도 그였다. 술자리가 너무 무거워질 것 같아 내가 말리고 나섰지만 그는 막무가내로 공격적인 발언을 멈추지 않았다.

그 내용이 무엇이었는지는 기억에 확실치 않으나 교육자를 노동자로 볼 수 있느냐는 아주 원론적인 문제였던 것 같다. 그는 교육자도 정신적 노동자이며 국가가 사용주일 뿐이라는 그 선생의 주장에 거의 알레르기적인 반응을 보였다. 교사를 노동자로 보면 학생은 노동의 대상이냐고 거칠게 쏘아붙였다. 상대 선생도 만만찮게 논리를 펴며 맞받았기에 언성이 점점 높아졌다. 급기야 마담이 달려와 다른 손님에게 방해되니 조용히 해달라는 압력을 넣고서야 사태가 진정되었지만 분위기는 이미 망쳐진 뒤였다. 우리는 서둘러 자리에서 일어나 카페를 나오고 말았다.

그때 그의 까칠한 성격을 다시 한 번 확인했지만 보수적 가치관 또한 함께 발견했던 것은 별로 유쾌하지 않은 기억이다. 그래도 그를 이해하고 싶었다. 자기의 가치관을 그렇게 확고하게 주장할 수 있는 사람이면 충분히 학자적 기질을 지니고 있다고 말이다.

그러다가 우리의 만남은 차츰 횟수가 줄어들어 갔다. 다들 제 나름대로 살아가기에 바쁜 탓이었다. 나는 소설가로

등단해 문단 말석에 이름을 얹고 원고 쓰는 시늉을 하기에 바빴고 바쁜 한편 근무지인 고등학교 근처로 이사를 했으며 S는 모 대학의 교수자리를 꿰차고는 해운대로 이사를 가버렸고, 그는 그대로 교사생활과 대학의 시간강사 노릇으로 바쁜 눈치였다.

S가 대학에 전임강사로 발령이 났던 날, 우리 셋이서 축하자리를 함께한 곳 역시 떼아뜨르였다. 그날 그는 S에게 열심히 축하의 잔을 부어주었지만, 좀 의기소침해 보였다. 박사과정을 마친 이후 오랫동안 교수 자리를 알아보고 다닌 그의 사정을 알기에 맘이 좀 짠하기도 했다. 그날 이차 자리에서 그는 평소답지 않게 대취했는데 노래방에서 악을 쓰며 노래를 불러댔다.

잡다한 일상을 바쁘게 살다 보니 그와의 만남도 뜸해져 갔다. 그렇다고 떼아뜨르에 완전히 발길을 끊은 것은 아니었지만, 자연스럽게 발길이 줄어든 것은 사실이었다.

그런 세월 속의 어느 날이었던 같다. 오랜만에 들른 떼아뜨르에서 마담이 전해준 형에 관한 소식은 다소 충격적이었다.

"P 선생, N 선생 이야기 들었어?"

오랜만에 들른 나를 반기면서 마담은 내 자리로 와 앉으며 대뜸 그의 이야기를 꺼냈다. 떼아뜨르의 여왕답게 마담은 단골손님들에 대한 소문을 훤히 꿰고 있었지만, 그걸 자발없이 아무에게나 옮기는 성미가 아니었다. 구태여 물으면 겨우 대답이나 해주는 정도였다. 그런 그녀가 다소 호들갑스럽다 싶을 정도로 그의 이야기를 먼저 꺼내었다.

"무슨 이야기요?"

"N 선생이 논문 표절로 시간강사 자리에서도 쫓겨났다더군. 정말 아무 말 못 들었어? 그렇게 친한 사람들이…."

"논문 표절? 에이, 그 고지식한 사람이 무슨… 그럴 주변머리도 없을 텐데?"

"모르는 소리, 무슨 프로젝트에 참여했다가 논문집을 발간했는데, 거기에 실린 N 선생의 논문이 다른 대학의 석사학위생이 교내 조그만 논문집에 실었던 걸 표절했다는 거야. 정말 아는 거 없어?"

"글쎄요, 금시초문인데요."

"잘못 들었는지는 모르겠지만, 오랫동안 외국에 나가 있던 그 석사생이 그걸 보고 항의를 해왔다는 거야. 자기 논문을 허락 없이 베꼈다고. 나도 처음엔 믿지 못하겠더라구. N 선생이 그런 실수를 할 사람이 아니잖아? 그런데 그 프로젝트에 같이 참여했다는 사람의 말이니 믿지 않을 도리가 없잖아."

나는 순간 멍한 기분이었다. N 형의 그 학구적인 열정을 믿어 의심치 않았기에 그 말을 도무지 믿을 수가 없었다. 당장 S에게 전화를 했다. 참담하게도 S는 그 소문이 사실임을 전해주었다. 나는 한동안 충격에 빠졌다.

창의적인 시각에 대한 열의를 그렇게 불태우던 사람이 어떻게 그런 최악의 선택을 하게 되었는지 도무지 이해가 되지 않았다.

그러나 또 세월이 흐르면서 생각해보니 그의 심정을 전혀 이해하지 못할 것도 아니었다. 논문 제출 마감은 다가오고 새로운 아이디어는 떠오르지 않고 직장생활을 하면서 시간에 쫓기고 그러다 보면 그런 악수를 둘 수도 있겠다는, 한 발짝 물러선 생각도 하게 되었다. 나 자신도 소설 원고 마감에 쫓기며 허겁지겁 원고를 써댈 때가 한두 번이 아니었기 때문에 동병상련의 심정이었는지 모른다. 그 피 마르는 시간의 고통은 경험해본 사람만이 공감할 수 있는 것이니까.

아무튼 그 일로 그는 대학 교수 자리에 대한 희망은 고사하고 시간 강사 자리마저 포기해야 할 처지가 되어버렸음을 알게 되었다. 그 이후로 한참 동안 그를 만나지 못한 것 같다. 그는 떼아뜨르에도 발길을 끊었고, S와의 연락도 없는 것 같았다. S가 몇 번 전화를 하였으나 그때마다 받지 않는다는 것이었다.

그리고 또 세월이 한참 흘렀다.

어느 날 떼아뜨르에 우연히 들렀다가 떼마담과 앉아 있는 그를 발견했다. 그는 이미 많이 취해 있었는데 기분이 매우 좋아 보였다. 무슨 재미난 이야기를 하는지 호탕한 웃음을 연방 쏟아내고 있었다. 나를 발견한 그는 무척 과장된 몸짓으로 얼싸안으며 반가움을 표했고, 떼마담에게 양주를 내오라고 호기를 부렸다.

우리는 그날 시시껄렁한 일상사를 안주 삼아 양주 한 병을 다 비웠다. 나는 아예 논문 비슷한 이야기조차 꺼내지 않았다.

밤이 늦어서야 둘은 떼아뜨르를 나섰다. 길거리에서 우린 악수를 나누고 헤어졌다. 택시를 잡기 위해 걸어가는 그의 뒷모습이 웬일인지 무척 쓸쓸하고 지쳐 보였다.

그의 불행은 거기서 끝이 아니었다.

"N 선생이 말야. 얼마 전에 징계를 받았다구."

대학 동기회 술자리에서였다. 옆자리에 앉아 있던 G가 무슨 큰 비밀이라도 말해주듯이 잔뜩 목소리를 낮추어 속삭이듯 말했다. G는 N 형과 같은 학교에 근무하고 있었다. 나는 이건 또 뭔가 싶어 G를 멀거니 바라보았다. 내 뜨악한 표정을 발견했는지 G는 목소리를 더욱 낮추었다.

"N 선생이 자신의 아내가 하는 사업에 우리 학교 선생님들을 많이 끌어들였거든. 투자를 한 사람도 있고, 또 영업 쪽으로 뛴 사람도 있는 거 같아. 그 사모님이 한다는 사업이 말이야, 그게 일종의 피라미드 판매업 비슷한 거였던 모양이야. 불법은 아니라는데, 어쨌든 그런 계통인 모양이더라구."

"불법이 아니라면 뭐 문제될 거 없잖아?"

내가 한마디 던지자 G는 한심하다는 얼굴로 나를 바라보더니,

"소설가야. 소설가라는 게 세상일을 어찌 그리 몰라? 공무원 신분으로 영리 사업을 하는 건 법적으로 금지되어 있어."

"교육청에서 그걸 어찌 알았대?"

"참으로 무식한 소설가야. 누군가 찔렀겠지. 안 그러면 갑자기 감사가 나오고 난리가 났겠어?"

"그래서 어떻게 되었는데?"

"다른 사람들은 단순 가담으로 분류돼 경고 조치에 그쳤지만, N 선생은 주동으로 찍혀 감봉 3개월 처분을 받았대나 봐."

"감봉 3개월? 거 뭐, 별거 아니네."

"천하에 무식한 소설가야. 함부로 구강을 개폐하지 말아다오. 별거 아니라구? 감봉 3개월이면 교감 승진은 포기해야 돼. 알간? N 선생이 알게 모르게 승진을 얼마나 열심히 준비해왔는지 넌 모를 거다."

"어, 그게 그렇게 되나?"

"이 호랑말코 같은 소설가야. 내가 앞으로 니놈 소설을 읽으면 성을 간다."

"근데 그 형 승진에 별로 관심이 없어 보이던데?"

"좆도 모르는 소설가야. 겉으론 아닌 척해도 사람 속은 모르는 것이니라. 그 선생이 연수도 다니고 근무평점도 관리하고 여러 가지로 신경 쓰고 있었다구."

G의 말대로 사람 속은 모를 일이었다. 대학 교수 자리를 포기하고 대신 세운 목표가 교감 승진일 개연성은 충분했다. 그렇다 하더라도 늘 그런 데 연연하는 선생들의 작태에 신랄하게 칼질을 해대던 그가 그런 욕망을 숨기고 있었을 줄이야. 그건 참 의외였다. 그러나 두 번째 그의 욕망도 그렇게 좌절을 맛보아야 한다면 딱한 노릇이었다.

논문 표절 사건 이후 떼아뜨르에 통 얼굴을 내밀지 않던 형과 우연히 조우하게 된 것은 일 년쯤 후일 것이다. 내가 들어서자 그는 한 무리의 사람들과 자리를 함께 하고 있다가 손을 들어 보였다. 내가 합석을 하자 그는 사람들을 소개시켰다. 그런데 그 사람들이 모두 여러 학교에 재직하고 있던 전교조 선생이었다. 참으로 뜻밖이었다. 전에 그와 한바탕 설전을 펼쳤던 그 선생도 그 자리에 있었다. 나는 참 별일도 다 있다고 생각했다. 그가 전교조 사람들과 어울릴 일이 있을 거라곤 미처 생각지 못했기 때문이었다.

그런데 더 놀라운 건 그가 이미 전교조에 가입하여 조합원이 되어 있었다는 것과 그것도 홍보부장인가 뭔가 하는 직책을 맡고 있었다는 것이었다. 그의 그 변신을 어떻게 이해해야 할지 잠시 혼란스러웠다. 물론 그땐 전교조가 합법화되어 있었고 누구나 취지에 찬동하면 가입할 수 있는 상태였으므로, 그가 자유의지대로 가입한 것 자체가 놀라운 건 아니었다. 다만, 그토록 전교조에 비판적이었던 사람이 어떻게 하루아침에 그런 변신을 할 수 있느냐는 것이었다. 의아스러울 뿐이었다.

도대체 그 사태를 어떻게 이해해야 할지 혼란스러웠다.

그날 그는 전교조 조직에 관한 이야기를 그 특유의 열정적이고 학구적인 어조로 정말 열심히 했었던 것으로 기억된다. 그 옛날 전교조를 공격해대던 모습은 어디에도 없었다.

나는 지금도 그의 변신 의도를 잘 모르고 있다. 물론 사람이란 세월에 따라 가치관의 변화가 생기기도 한다. 각 개인의 가치관의 변화 원인은 사람마다 다 다른 것이고 나름대로 모두 사정을 안고 있는 것이니까. 그게 또한 세상살이가 아니겠는가. 그런데도 나는 자꾸 이런 생각이 드는 것이었다. 그가 받았던 징계와 그 변신이 무관하지 않으리라는 생각 말이다. 승진을 포기해야만 했던 그가 선택한 길이 그것이었는지도 모를 일이었다.

무심한 세월은 또 그렇게 흘러갔다. S와 나는 가끔씩 떼아뜨르에서 술잔을 기울였고, 술잔 위로 흘러가는 시간을 지켜보았다. 우리의 화제에는 어느덧 N 형은 사라지고 없었다. 그는 이미 우리의 관심사에서 멀어져 있었다. 눈에 보이지 않으면 마음도 멀어진다는 서양 속담은 진리였다.

N 형이 다시 우리 관심의 안테나에 포착된 것은 그의 부친상 때문이었다. 웬일인지 S와 나는 그 부고를 듣지 못했다. 지인의 초상에 조의를 표하지 못하면 얼마나 큰 마음의 짐이 되는지는 대한민국 사람이면 누구나 짐작이 가는 일이 아닌가. 우리는 뒤늦게 그에게 전화를 했지만, 우리가 알고 있는 그의 전화번호는 없는 국번으로 변해 있었다. 그가 근무하는 학교로 전화를 하여 겨우 알아낸 번호로 연락을 취

했을 때 그는 웬일인지 몹시 반가워하며 선선하게 나오겠다는 대답을 했다.

그날 다시 만난 그는 사람이 어딘지 변한 것 같았다. 표정과 말투와 몸짓이 한결 여유로워졌다고 할까. 어떤 자신감 같은 게 넘쳐나는 모습이었다. 예전의 성마르고 까칠하게 따지고 들던 그런 모습은 사라지고 없었다.

우리가 조문을 놓친 실수를 사과했을 때도 별거 아니라며 손사래를 쳤다. 우리가 문학을 화제에 올리자 그는 별말이 없었다. 그런 주제가 나오면 열정적으로 의견을 토로하던 그의 태도는 보이지 않았다. 대신 다소 지겹다는 얼굴을 하고 있었다. 사실은 그게 가장 크게 변한 그의 모습이었다.

그는 우리의 화제가 시들해진 틈을 타 형수의 사업이 요즘 엄청 잘된다는 소식을 전했고, 덕분에 70평짜리 고급 아파트로 이사를 갔으며, 최고급 차인 오피러스를 끌고 다닌다고 했다. N 형은 그 말을 하며 사뭇 벼락부자가 된 부동산업자 같은 웃음을 보였다. 우리는 축하를 해주었고 그는 더욱 여유로운 웃음을 지어 보였다. 전교조 활동은 계속하느냐는 나의 질문에 그는 대답 없이 웃어 보였다. 그 웃음이 시니컬해서 긍정인지 부정인지 가늠키 어려웠다. 어쩌면 그의 목표가 또 한 번 굴곡을 맞이하고 있을지 모른다는 생각이 들었다.

N 형의 마지막 모습은 다소 충격적이었다.

그날도 누군가의 호출을 받고 떼아뜨르로 향하고 있었다. 밤이 늦은 편이었으나, 떼아뜨르로 통하는 골목에는 행인들이 제법 있었다.

카페 앞에 이르러 나는 멈칫 발길을 멈추었다. 누군가가 카페로 올라가는 계단 옆에 길게 누워 있었던 것이다. 나는 웬 정신없는 취객이 저토록 인사불성이 되어 쓰러져 있나 하고 건성으로 지나치려 하였다. 한데 그게 N 형이었다. 그는 신사복 차림에다 옆구리에 가방까지 낀 채로 대걸레처럼 드러누워 있었던 것이다. 깜짝 놀라 다가가 흔들어 깨웠지만 그는 좀체 정신을 차리지 못했다. 어디서 얼마나 퍼마셨는지 도무지 인사불성이었다. 억지로 일으켜 앉혀 놓으면 곧 다시 쓰러져버렸다. 떼마담이 전화를 받고 계단을 내려와서 보고는 손님 몇을 불렀다. 낯모르는 손님과 업고 밀고 하여 이층으로 옮겨 자리에 앉혀놓았지만, 그는 그때까지도 깨어날 줄 몰랐다.

N 형의 집으로 전화를 했다. 전화를 받은 형수에게 사정을 말하자 그녀는 크게 놀라지도 않은 목소리로 곧 가겠다고 하고 전화를 끊었다. 그런 일이 처음은 아니란 태도였다.

형수가 올 동안 물수건으로 얼굴을 닦아내고 등을 두드리고 하며 한참 씨름을 한 후에야 그는 겨우 눈을 뜨고 우리를 휘둘러보았다. 초점이 풀린 눈에도 내가 보였는지 그는 내 손을 우악스럽게 거머쥐었다. 술 취한 사람의 것이라곤 믿기 힘든 악력이었다. 그는 어디서 그리 마셨냐는 말에 뭐라고 알아듣기 힘든 말로 횡설수설하기 시작했다. 그리곤 느닷없이 술잔을 들고 일어나 발음도 새는 목소리로 건배를 외쳤다. 그런 후 다시 풀썩 자리에 앉아 머리를 숙이고 잠이 드는 것이었다.

그날 N 형을 데리러 온 형수는 예전의 그 세련되고 대가 찬 모습이 아니었다. 어딘가 초조하고 불안한 표정이 역력했다. N 형을 부축하고 차에 태우는 그녀의 얼굴에는 초췌한 짜증이 돋아나 있었다.

그것이 내가 본 N 형의 마지막 모습이었다.

나중에 들은 바에 의하면 형수가 하던 투자 사업이 크게 실패를 하고 많은 빚을 지고 말았다는 것이다. 집과 차도 팔고 빚을 갚느라 고생이 이만저만이 아니었다는 것이다.

그리고 또 세월이 흘렀다.

N 형은 또 다시 우리의 관심선 밑으로 잠수하고 말았다. 다시 떼아뜨르에 나타났다는 말도 듣지 못했다. 가끔씩 그

날 밤의 소동을 술안주 삼아 입에 올린 일은 있었지만 그는 잊혀진 얼굴이었다.

그리고 오늘 이렇게 그의 이민 소식을 듣게 된 것이었다. 나는 그날 떼아뜨르에 혼자 앉아 언젠가 술에 취해 한 그 그의 말을 떠올렸다.

"인생이 뭐 별거냐? 그거 시시한 거야."

그날 밤 나는 집으로 돌아와 인터넷으로 팔라우를 검색해 보았다. 팔라우에 대한 자료는 의외로 많았다. 그곳은 한국으로부터 몇 천 킬로미터 떨어진 남태평양의 조그만 섬이었다. 아니, 340개의 군도로 이루어진 공화국이었다. 그림 같은 산호초들이 늘어서 있고 바닥이 환히 비치는 비취색 바다와 일 년 내내 따사롭게 내리쬐는 햇빛과 순수한 사람들의 인심이 소개되어 있었다. 조그만 보트를 타고 나가 물고기를 잡아 올린 구릿빛 원주민의 순박한 웃음이 인상적이었다.

N 형이 찾아간 것이 바로 저것이었을까. 거기엔 경쟁도 욕심도 없어 보였다. 그저 천혜의 자연 속에서 오늘 식탁을 채울 양식이 있으면 족한 곳. 그는 그런 곳을 소원하였던 것일까.

나는 실패와 좌절로 점철된 현실을 피해 그곳으로 도피

해 갔다는 혐의를 거둘 수 없다 하더라도 N 형을 비난하거나 폄훼할 생각이 조금도 없다.

그의 실패와 좌절은 그만의 것이 아니란 생각이 든다. 그의 욕망도 그만의 것이 아니란 생각이다. 누군들 그와 같은 욕망에서 자유로울 수 있겠는가. 나조차도 날마다 상승과 성공을 꿈꾸지 않았는가. 우리 모두는 날마다 욕망으로 키가 크고 몸집을 불려나가지 않았는가. 그의 잘못은 그 욕망을 숨기는데 서툴렀다는 것뿐이다. 약삭빠르게 혹은 교활하게 숨기지 못했을 뿐이다. 지금 성공했노라고 하는 자들은 그것을 숨기는 데 성공했을 뿐이다. 교활함을 능력으로, 욕망을 신념으로 포장하고 위장하는 데 성공했을 뿐이다.

팔라우에서의 그의 삶이 오히려 성공적일 수 있을지도 모른다. 포장과 위장이 필요 없는 삶, 그것보다 성공한 삶이 어디 있으랴. 부디 그런 삶이 N 형에게 도래하기를….

매디슨 카운티의 다리

"저 영화는 꼭 봐야겠어요."

아내가 TV의 신년 특집 〈명화극장〉의 방영 예고 방송을 얼핏 보며 이렇게 말했을 때, 수환은 속으로 참 별일도 다 있다고 생각했다.

그도 그럴 것이, 평소의 아내는 영화에 별 취미가 없는 편이었다. 수환이 아무리 요즘 잘나가는 비디오를 빌려와 같이 보자고 꼬드겨도 몇 장면 건성으론 훑어보다가 이내 부엌으로 들어가 설거지를 하거나 숙제를 봐주느라 아이들에게 종알종알 잔소리를 해대는 것이었다. 작년 결혼기념일엔 모처럼 기분을 낸다고 둘이서 시내 극장 구경을 간 적이 있었는데, 영화 시작되고 한 10여 분이나 지났을까, 옆자리의 새근대는 숨소리가 수상해 돌아보았더니 아 글쎄, 아내가 고개를 모로 떨어뜨리고 잠이 들어 있는 게 아닌가. 하도 기가 막히고 밉살스러워 그때까지 끼고 있던 팔짱을 홱 털어냈더니, 이 여자 보소. 잠깐 깨는 눈치더니 곧 다시 잠들어 버리는 것이었다.

"내가 목석하고 산다, 목석하고 살아. 아이구 내 팔자야."

집으로 돌아오는 내내 수환이 이렇게 투덜거리자, 아내는 오히려 가소롭다는 눈길로 돌아다보며 조용히 저음으로 한마디 했다.

"시끄러워요. 애들 기다리겠어요. 빨리 가기나 해요."

사정이 이렇고 보니 아내에게 꼭 봐야겠다고 결심할 만한 영화가 생겼다는 건 별일 중에서도 별일이었다.

그 후로도 아내는 예고 방송을 볼 때마다 몇 번이나 더 확고한 어조로 그 영화를 보아야겠다는 의지를 천명했다. 따라서 수환은 목석 같은 아내를 의지에 불타는 여인으로 만든 그 영화가 도대체 어떤 영환지 재빨리 챙겨보지 않을 수 없었다. 그리고 그 영화의 제목을 보곤 햐, 요것 봐라 하는 생각이 드는 것이었다.

그건 〈명화극장〉의 프로들이 다 그렇듯 이미 몇 년 전에 크게 히트하고 이젠 한물 지나간, 메릴 스트립과 클린트 이

스트우드 주연의 〈매디슨 카운티의 다리〉란 영화였다. 원작인 소설도 유명했고 영화로도 꽤 성공을 거두어 인구에 크게 회자된 바 있어서 수환도 언젠가 한번 보리라 하고 벼르다가 놓친 작품이었다.

하지만 문제는 적어도 수환이 주워들은 풍월로는 그 영화의 내용이 중년 부인의 불륜적 사랑을 다루고 있다는 것이었다. 어느 날 갑자기 아내가 시위라도 하듯이 불륜적 사랑에 지대하고도 유난스런 관심을 가지기 시작했다, 라고 깨달을 때 대한민국의 평균적 남자들은 어떤 심정이 될까. 그건 참 아니꼽고 더럽고 메스껍고 치사하고 유치한 심정이 아닐까. 수환도 그런 범위에서 크게 벗어나지 못하는 심정이었다. 그러므로 아쭈구리, 요것 봐라, 하는 가소로운 생각과 함께 슬며시 불쾌한 감정이 가슴 밑바닥에서 몽실몽실 피어나기 시작한 것은 어쩌면 당연한 일인지도 모른다.

드디어 아내가 그토록 고대하고 고대하던 토요일 저녁이 되었다. 아내는 저녁식사가 끝나자마자 서둘러 설거지를 마치고, 떠들며 장난질을 치고 있는 두 아이를 윽박질러 잠자리에 들게 한 뒤, 마주앙 병과 잔을 챙겨 소파 앞 탁자에 놓았다. 그리곤 거실의 조명을 침등으로 바꾸더니 소파 위에 오두마니 두 무릎을 모으고 앉아 리모컨으로 TV의 채널을 맞추는 것이었다. 말하자면 한껏 분위기를 잡자는 것인데, 그건 수환이 신혼시절 이후론 이제껏 보기 어려웠던 아내의 모습이었다.

수환은 아내의 요상한 형태에 처음엔 약간 어리둥절해졌으나 차차 속이 메스꺼워졌다. 그래서 마주앙을 잔 가득 부어 벌컥벌컥 들이켜버렸다. 아내는 수환이 그러거나 말거나 TV화면에 눈을 박고 있었다. 드디어 영화가 시작되고 있었다. 이젠 성인이 된 마이클과 캐롤린 남매가 돌아가신 어머니, 프란체스카의 유품을 정리하다 자식들에게 남기는 그녀의 편지와 노트를 발견했다. 그 편지와 노트를 통해 남매는 자신이 어렸을 적 어머니 프란체스카가 겪은 4일간의 외도적 사랑의 전말을 알아가게 된다.

드디어 이야기는 본격적으로 과거로 돌아가 중년 부인인 프란체스카의 모습이 등장한다. 미국 아이오와 주의 어느 평범한 시골 농장. 두 아이와 남편은 박람회에 참석하기 위해 나흘 여정으로 집을 떠난다. 혼자 남은 프란체스카는 개에게 말을 건네며 매트의 먼지를 털고 있다. 그때, 길 저편으로부터 차 한 대가 달려와 그녀의 집 앞에 멈춘다. 그리고 차에서 내리는 중년의 사내. 키가 후리후리하게 크고 어딘가 도시적이며 신중해 보이는 사내는 그녀에게 매디슨 카운티의 다리로 가는 길을 묻는다.

그 즈음에서 수환은 아내를 돌아다보았다. 아내는 화면에 완전히 넋을 빼앗긴 모습이었다. 손에 든 술잔도 잊어버린 듯 입을 반쯤 벌린 채 숨소리마저 죽이고 있었다. 사랑이야기에서 가장 흥미로운 부분이 첫 만남의 순간과 헤어짐의 순간이라고 했던가. 바로 그 짜릿한 첫 만남의 장면이 펼쳐지고 있었으니 아내의 몰입은 충분히 이해할 만도 했다. 그러면서도 수환은 알 수 없는 심술기가 발동해 일부러 하품을 크게 하며 기지개를 켰다. 그래도 아내의 시선은 요지부동으로 화면에 매달려 있었다.

그런 아내의 모습을 보며, 수환은 슬며시 아내와 처음 만났던 때를 떠올렸다. 그때 수환의 나이 서른이었던가. 결혼할 생각도 하지 않고 그렇다고 어디 짱박아 둔 아가씨가 있는 눈치도 아니어서 노총각으로 늙어가는 조카가 자나 깨나 걱정이었던 작은 고모는 어느 일요일 수환을 거의 멱살을 잡다시피 하여 호텔 커피숍으로 끌고 갔다. 그런 종류의 맞선에는 이미 넌덜머리를 내고 있던 수환은 심드렁하게 고모의 수다를 들으며 할 일 없이 출입구 쪽을 바라보고 있었다.

잠시 후, 웬 아가씨가 커피숍 문을 열고 들어서는 게 보였다. 그녀는 두리번거리며 누군가를 찾는 눈치였다. 수환은 직감적으로 그녀가 고모의 성화에 못 이겨 호출당한 고모의 시댁 집안 처녀임을 알아챘다. 화창한 일요일 오후를 멋대가리라곤 씨알만큼도 없는 수환 자신과 어색한 대화로 보내야 하는 불쌍한 아가씨였다.

그러나 그녀가 드디어 이쪽으로 몸을 돌려 고모를 발견하고 엷은 미소를 지으며 다가오는 순간, 수환은 갑자기 숨이 턱 막히는 기분이었다. 크지도 작지도 않은 키에 단정한 원피스에 싸인 날씬한 몸매, 갸름한 얼굴에 오똑한 콧날과 갸름한 눈매…. 그것은 수환이 오랫동안 꿈꾸던 얼굴이었다. 그러나 정작 수환을 전율케 한 것은, 그런 외모적인 요인이라기보다 그 외모가 전체적으로 풍겨주는 어떤 느낌이었다. 그 느낌은 투명함, 그래, 바로 투명함이었다. 담채화의 그 엷고 투명한 아름다움, 그것이 아내가 수환에게 준 첫 느낌이었다.

영화는 중반으로 넘어가고 있었다. 빨간 지붕이 있는 매디슨 카운티의 다리, 그것을 열심히 카메라에 담는 사내, 로버트는 들꽃을 꺾어 프란체스카에게 건네준다. 그 하늘색 들꽃의 상징성, 그리고 프란체스카의 집으로 돌아온 두 남녀의 대화, 그 대화를 통해 드러나는 사진작가 로버트의 방

랑성과 시골의 주부인 프란체스카의 일상에 파묻힌 자기 정체성에 대한 회의감… 그리고 둘은 서서히 서로가 서로에게 젊은 날 꿈꾸어왔던 진정한 사랑의 실체를 깨달아간다. 이제는 다시는 불러일으킬 수 없으리라 치부했던 젊은 날의 그 사랑의 열정이 중년 남녀의 가슴에 다시 불 지펴지고 둘은 서로를 탐닉하게 된다.

이 부분에 이르러, 수환은 갑자기 자신이 젊은 날 겪었던 사랑의 열병들이 생각났다. 많은 여자들을 만나고 헤어졌다. 그 과정에서의 환희와, 뜨거움과, 그 상사의 목마름과, 그 외로움과, 그 분노와 그 애끓는 가슴앓이 등이 한꺼번에 되살아나 가슴을 뻐근하게 했다. 아하, 그래, 나에게도 그런 때가 있었지. 몇 날 밤을 잠 못 이루며 편지를 쓰고, 라디오에서 흘러나오는 유행가 가사 한 자락에도 가슴 끝이 시려지던 그런 열정의 시절이 분명 자신에게도 있었다. 그러나 그것은 이제 어디로 가버렸을까. 그 여자들을 향한 그 살뜰한 그리움과 애틋함은 어디로 사라져버린 걸까. 그 언제나 맑은 물로 찰랑이던 감정의 샘은 언제 다 말라버린 것일까. 그런 생각이 들면서 수환은 조금 비감스런 기분이 되었다.

아내에게도 마찬가지였다. 첫 만남 이후의 연애 시절엔

아내의 그런 아름다움에 얼마나 몰두했었던가. 하루가 멀다 하고 만나지 않으면 몸살을 앓고 그것도 모자라 수시로 전화로 목소릴 확인하곤 했었다. 그러나 결혼 후로 그런 감정의 모서리는 닳아지고 무덤덤해져갔다. 그저 집에 가면 거기 언제나 그 모습으로 있는 아내, 식사를 준비하고 청소를 하고 설거지를 하고 종알종알 잔소리를 해대고 늘 아이들 생각만 하는 아내, 그런 아내의 모습에서 젊은 날의 열정을 발견하기란 결코 쉬운 일이 아니었다.

영화는 대단원을 향해 치닫고 있었다. 프란체스카와 로버트의 만남은, 그러나 너무 늦어 있었다. 열정에 몸을 맡겨 둘만의 사랑을 찾아 떠나기엔 관습과 일상의 무게가 너무 무거웠다. 나흘간의 만남으로 그 무게를 털어내기엔 그들은 이미 늙어 있었다. 결국 프란체스카는 로버트를 떠나보내고 일상으로 돌아온다. 비오는 차 안에서의 영원한 작별과 그녀의 남모르는 눈물, 그리고 오랜 세월 뒤의 그들의 각각의 죽음….

아내에겐 숨기고 있었지만 사실 수환에게도 로버트와 프란체스카와 같은 만남과 헤어짐이 있었다. 벌써 2년쯤 전이었나, 직장의 일로 관련 업체의 어떤 아가씨 사원을 자주 만날 일이 있었다. 미스 홍이라는 그 아가씨는 긴 생머리와 맑은 웃음이 인상적이었지만, 그때 이미 삼십줄에 들어선 노처녀였다. 일을 마치고 저녁식사와 가벼운 맥주 한잔을 곁들이는 횟수가 늘어가면서 점차 심상치 않은 감정으로 발전해갔다. 심상치 않다고는 하지만 로버트와 프란체스카와 같은 심각한 것은 아니었다. 서류철에 파묻혀 살아가는 자신이 한심스러울 때, 왠지 울적해질 때 문득문득 보고 싶어지는, 그래서 만나면 가슴 한 켠에 사금파리처럼 반짝이는 기쁨 하나씩을 주워 담을 수 있는 그런 정도였다. 그걸 불륜의 감정이 아니라고 부정할 수는 없겠지만, 분명한 것은 가볍게 악수를 하거나 장난스럽게 팔짱을 끼는 것 이상은 아니었다. 그것도 그녀가 때늦은 유학을 결심하는 바람에 반 년 만에 끝나버렸다.

그 어설픈 외도(?) 행각은 수환으로 하여금 늘 아내에게 어떤 죄책감을 가지게 했다. 아니 그 일 자체보다 그걸 아내에게 숨겼다는 사실이 일종의 부채감으로 남아 있었다.

마이클과 캐롤린은 어머니 프란체스카와 로버트의 사랑에 대해 진실로 이해하게 되고 그들도 각각의 아내와 남편에게 화해를 한다. 그리고 영화는 끝났다.

영화는 역시 감동적이었다. 그래서였을까. 아내는 영화가 끝나고 광고가 시작되었는데도 여전히 그 자리에서 꼼짝도 않고 앉아 있었다. 마주앙 병은 거의 다 비워져 있었고, 시간은 이미 자정에 가까워져 있었다. 수환이 아내가 울고 있다는 걸 깨달은 것은 잠시 후였다. 그랬다. 아내는 소리 없이 어깨를 들썩이며 조금씩 울고 있었다. 수환은 좀 어리벙벙해졌다. 좀처럼 자기 감정을 드러내지 않는 아내가 영화 따위를 보고 운다는 건 아주 뜻밖이었다. 그러나 수환은 곧 아내의 울음이 영화에서 받은 감동 때문만이 아니라는 걸 깨달았다.

"사랑이란 게 뭘까요? 그게 과연 이 세상에 존재할까요?"

이윽고 울음기를 수습한 아내가 이렇게 혼잣말처럼 물었을 때, 수환은 내심 당황하여 허둥거렸다. 그건 느닷없는 일격이었다.

"…그, 글쎄."

"이 세상에 사랑이란 게 있다면 그건 전부 이루지 못한 것일 거예요. 프란체스카와 로버트, 그들 둘이 도망가 새살림을 차렸다면, 그들은 정말 행복했을까요? 아닐 거예요. 처음의 감동이 사라지면, 그들도 지겹게 반복되는 일상에 사로잡혀 서로에게 닳고 닳아갈 것이고, 그러곤 또 새로운 사랑을 꿈꾸게 될 거예요."

"그래서 사랑은 이루지 못했을 때가 완전하다는 거야?"

“그렇지 않을까요. 적어도 남녀 간의 사랑은 일종의 광증 상태라고 생각해요. 불행히 부서지기 쉽고 영원하지 않은… 그 광증을 깨뜨리는 건 현실이고 우리가 하루하루 살아가는 일상이에요. 그 현실 속에서 우리는 또 잊어버릴 광증상태를 꿈꾸며 살죠. 그렇지 않나요?”

아아, 아내와 이런 대화를 나누어본 것이 얼마만인가. 아내는 결코 목석이 아니었다. 아내는 여전히 사랑과 꿈을 이야기하는 여자였다. 그 투명한 아름다움을 지녔던 처녀를 목석 같은 투박한 여자로 만든 것은 결코 아내 자신이 아니었다. 그것은 우리의 꿈을 갉아먹고 사는 저 일상이라는 괴물이었다. 아내의 말대로, 아침에 일어나고 세수를 하고 양치질을 하고 식사를 하고 출근을 하고 똑같은 인사를 주고받고 늘 하는 대화를 똑같이 반복하고 커피를 마시고 퇴근을 하고 저녁을 먹고 TV의 뉴스를 시청하고 잠자리에 들고, 그리하여 그게 그거인 하루를 보내고, 또 그리하여 늘 그게 그거인 일주일과 한 달과 일 년을 보내는 일상에 발목 잡혀, 어느새 젊은 날의 꿈과 열정은 물줄기 잃은 샘처럼 말라붙어 가고, 그리하여 어느 날 뒤돌아보면 자신도 모르는 새 폭삭 늙어 있는 자신을 발견하는 게 우리네 삶인지도 모른다. 나중엔 감정도 습관화되고 자신의 것은 물론 부부 사이에서도 상대방의 새로운 감정엔 낯설어서 무관심한 척하는 것이 우리네의 앞으로의 예정된 삶이 아닐는지.

아아, 우리는 살아가면서 화석화된 자기 감정에 사로잡혀 상대방에 대해서 얼마나 이기적으로 되어가는가. 수환은 한숨을 내쉬었다. 저 여자는 내 집 속에 항상 있을 것이다. 그러므로 나는 저 여자의 기분이나 생각이나 느낌을 상관할 필요가 없다, 라고 치부해오지는 않았을까. 그런 생각이 들면서 자괴감이 밀려왔다. 그리고 갑자기 뒤늦었지만 아내에게 미스 홍과의 일에 대해서 고백해야겠다는 생각이 들었다. 그것이 아내에겐 새로운 고통을 가져다줄망정, 그래서 한바탕 분란이 일어날망정 그렇게 해서라도 아내에 대한 죄의식을 덜어야겠다는 생각이 드는 것이었다.

"근데 말이야… 당신 내 말 듣고 오핸 하지 마, 화도 내지 말고…."

그런 생각도 참 이기적이란 생각 때문에 속으로 실소를 하면서도 수환은 기어코 미스 홍 이야기를 꺼내기 시작했다.

"무슨 말이요?"

수환이 제법 심각하게 포석을 깔고 어렵게 말을 시작하는데도 아내는 시답잖게 대꾸했다.

"나도 말이야… 옛날에 저 영화처럼 어떤 아가씨를 말이지…."

"아가씨요?"

"그래, 어떤 아가씨를 좋아한 적이 있었거든… 당신 몰래…."

"미스 홍 말인가요? 말할 필요 없어요. 다 알고 있었어요."

아내가 수환의 말을 중도에서 끊고 이렇게 말했을 때, 그는 속으로 화들짝 놀랐다.

"다, 당신 알고 있었어?"

"당신하고 산 지 십삼 년이에요. 내가 당신 머리 꼭대기에 앉아 있다는 사실을 언제나 명심해요."

"……."

수환이 말문이 막혀버렸다. 아아, 일상의 저 위대함이여. 일상은 한 여자로 하여금 한 남자에 대해 얼마나 소름끼치도록 속속들이 알게 만드는가.

"괜찮아요, 곧 끝날 줄 알았어요. 당신도 결국 일상에서 도망가지 못하는 평범한 남자란 걸 잘 아니까요."

그리고 아내는 웃으며 덧붙였다.

"나에게도 꼭 한 번 프란체스카와 같은 사랑이 찾아온다면 당신 날 용서해줄 수 있겠어요?"

오늘 아내는 수환을 놀라게 하려고 작정을 한 것일까. 수환은 그래, 까짓것 연애하고 싶으면 어디 해봐, 라고 호기 있게 외치고 싶었지만 결코 그 말이 입에서 떨어지지가 않았다.

하심 下心

해인사 호텔에서 성보박물관을 지나 다리에 이르는 길에는 새벽안개가 자욱하다. 게다가 부슬비마저 슬금슬금 내리고 있다. 이른 시간에다 궂은 날씨 탓인지 행인들은 보이지 않는다. 은수는 숲길이 시작되는 다리 위에서 잠시 멈춘다. 난간 아래론 맑고 푸른 계곡물이 흘러가고 있다. 은수는 안개에 싸여 있는 계곡의 위쪽을 바라보며 망연히 그 소리를 듣는다. 새벽에 혼자 듣는 계곡의 물소리는 은밀한 느낌이다. 그러나 안개 탓으로 한층 젖어 있다. 그녀는 그런 감상을 털어내기라도 하듯 긴 머리칼을 쓸어 올리고 우산을 다잡아 쥔다. 그녀는 다시 걸음을 천천히 떼어놓기 시작한다.

일주문으로 향하는 숲길은 고요하다. 하늘을 덮고 있는

키 큰 소나무와 참나무들이 비에 젖은 채 예불에서 아직 깨지 않았다. 안개 사이로 보이는 연둣빛 잎들이 잠에서 막 깬 아이의 뺨처럼 곱다. 젖어서 둥치가 검게 보이는 나무들은 저마다 새벽 참선에 든 듯하다. 숲 향기가 가슴 가득 고여온다. 은수는 심호흡을 깊게 하며 더욱 걸음을 늦춘다. 눈에 보이는 안개와 나무와 잎사귀 하나까지, 그리고 향기 하나까지 모두 다 생생하게 기억에 담아두고 싶은 마음이다.

정운, 그도 새벽마다 이 나무와 잎사귀를 보고 이 향기를 맡을 것이다. 본사 근처의 암자나 선원의 앞마당에서. 그와 같은 것을 보고 같은 향기를 맡고 있다는 사실만으로 은수는 가슴이 먹먹해진다. 그러나 그것은 이미 같은 것이 아니라는 것, 같은 것이라도 보는 마음에 따라 달라진다는 것, 그리고 정운은, 아니 이젠 원성이라는 법명의 스님이 된 그는 그녀 자신과 보는 마음이 너무나 달라져버렸다는 것을 깨닫자 가슴이 아파온다. 아직도 아물지 않은 생채기가 쑤셔오기 시작한다. 그녀는 다시 걸음을 멈춘다. 나뭇가지에서 떨어지는 빗물이 후드득 우산 위로 떨어지고 길은 여전히 안개 속에 가려져 있다.

은수야.

그녀가 대학 졸업을 앞두고 있었고 정운은 대학원을 다니고 있던 무렵이었다. 둘이 자주 가던 대학가 찻집에서였다. 정운은 깊은 눈매로 그녀의 눈을 들여다보며 낮은 목소리로 불렀다. 목이 쉰 듯한 그 낮은 목소리를 듣는 순간 그녀는 가슴이 철렁 내려앉았다. 늘 따라다니던 불안한 예감의 실체와 갑자기 조우한 듯한 당혹감이 그녀를 사로잡았다.

정운은 그렇게 불러놓고 다시 말이 없었다. 그러나 그녀는 그가 무슨 말을 하려는지 이미 알고 있었다. 그녀는 그의 눈을 마주 바라보았다. 그의 눈은 조금 슬퍼 보였다. 목소리만큼이나 가라앉아 있기도 했다. 둘은 그렇게 서로의 눈 속을 탐색하듯이 마주보며 한참을 말없이 앉아 있었다.

은수야.

그가 조금 더 속삭이는 듯한 어조로 다시 불렀다. 그녀의 목소리를 확인하고 싶다는 듯이. 그녀는 여전히 대답하지 않은 채 시선을 돌려 창밖의 담쟁이 넝쿨을 바라보았다.

난 다른 공부를 하고 싶어. 네가 이해해줬으면 해.

그가 시선을 내리깔고 한숨처럼 말했다.

'아뇨. 절대로 이해 못 해요. 나는, 우리 사랑은 도대체 어쩌란 거예요.' 그런 말이 목젖까지 치밀어 오르는 것을 그녀는 꾹꾹 눌러 참았다. 이미 수십 번도 더 앙칼스럽게 퍼부어

댄 이야기가 아닌가. 효용성이 다한 언어에 지나지 않았다. 다른 좋은 공부도 많은데 왜 하필 그 공부냐고 눈물로 호소하는 것도 이미 효력을 상실한 후였다.

난 영원에 이르고 싶다. 정말 간절하게. 그것 말곤 이 세상에서 하고 싶은 게 없다. 미안하구나. 이해해다오.

그는 또 그렇게 말할 것이었다.

올지도 안 올지도 모를 불확실한 영원을 구하기 위해, 그 차가운 영원을 위해, 이 확실하고 뜨거운 사랑을 버릴 건가요. 이 어리석은 사람.

그녀는 또 그렇게 말할 것이었다.

출가 서원식 날짜가 정해졌어. 한 달 후 상원암에서 봉행하기로 했어. 다시 이 세상으로 환속하는 일은 없을 거야. 그렇게 알아줘.

그는 통보하듯이 담담하게 말했고 그녀는 창밖에서 시선을 돌려 그를 멍하니 바라보았다.

그, 그럼 이게 마지막인가요?

그는 고개를 가만히 끄덕여 보였고 그녀는 새삼 터져 나오는 울음을 참느라 어깨를 들썩였다. 그렇게 그는 정운의 길을 버리고 원성의 길로 떠났다. 그녀는 출가식에 가지 않았다.

안개가 점차 걷혀가고 있다. 비도 그치고 나뭇잎에서 듣는 빗방울 소리가 들린다. 부지런한 새들이 울기 시작한다. 숲길은 갈수록 아름답다. 안개가 걷힌 숲은 세수한 처녀 얼굴처럼 싱그럽다. 길 옆의 비림을 지난다. 명승들의 숭덕비를 모아놓은 곳이다. 영원한 부처의 길로 한평생 정진하신 고승대덕에게 숭덕비가 무슨 소용이 있으랴. 그 스님들께서 살아 오셔 자신의 숭덕비를 보았다면 대노하여 일갈하지 않겠는가. 어리석고 어리석은 중생들아.

은수가 정운을 다시 찾아 나선 것은 그로부터 6개월 후였다. 먹지도 못하고 자지도 못하는 폐인이 되어 거의 꼬챙이처럼 말라 있을 때였다. 사랑의 감정이란 얼마나 끈질긴 것인지 은수 자신도 놀라면서도 그 집착을 쉽사리 내려놓지 못했던 것이었다. 얼굴만 한 번이라도 보면 살 것 같은 심정이었다. 그녀는 허공을 밟듯이 허위허위 상원암으로 달려갔다.

그러나 수행 중인 행자를 아녀자가 면회한다는 건 불가능한 일이었다. 총무처에 일을 보는 보살이 은수의 딱한 사정을 듣고 혀를 끌끌 차더니만 '업이로다. 업이로다.'를 외치면서도 총무스님에게 부탁을 하는 눈치였지만 스님은 완강하게 고개를 가로저었다.

출가한 지 일 년도 안 된 행자가, 더구나 속세에서 연인의 연을 맺은 여인을 만난다는 것은 있을 수 없는 일이지요. 시간이 늦었으니 공양이나 하구 객사에 하룻밤 쉬었다가 그냥 가시지요.

스님은 그 말만 남긴 채 뒤도 돌아보지 않고 선원으로 올라가버렸다. 그날 밤 은수는 산사의 객방에서 울며 잠이 들었다. 꺼지지 않는 울화가 가슴에 걸려 어수선한 꿈속을 헤매다 새벽에 잠이 깨었다.

방을 빠져나온 그녀는 선원 쪽으로 올라갔다. 어둠이 채 가시지 않은 산길을 얼마간 올라가자 긴 건물이 나오고 앞마당에선 선승들이 줄을 지어 원을 그리며 걷고 있었다. 그녀는 얼른 나무 뒤에 몸을 숨기고 스님들의 얼굴을 하나하나 눈여겨보았다. 아, 줄 지어 걷고 있는 사람들 중에 꿈에서도 그리던 얼굴이 있었다. 삭발을 하였으나 그 서늘한 눈매와 갸름한 턱 선이 분명 정운이었다. 그녀는 스님들이 소세를 마치고 다시 선방으로 들어가기까지 정운의 움직임을 지켜보았다. 가슴에 걸린 울화가 얼마쯤 내려간 기분이었다.

그러나 그 울화는 결코 완전히 내려간 게 아니었다. 세월에 묻혀 사그라질 줄 알았으나 그것은 언제나 다시 도지는 고질병이 되어 있었다. 그녀가 다시 정운을 만나러 나선 것은 일 년이 지난 어느 날이었다. 상원암에서 사미계를 받고 정식 스님이 되어 해인사의 어느 암자로 옮겼다는 소식을 들은 후였다. 암자로 가기 위해 그때도 이 길을 걸어 올라갔었다. 겨울이어서 군데군데 눈이 쌓인 숲길은 춥고 미끄러웠다. 그때도 다리를 건넜고 비림을 지났고 길상탑을 지나 영지(影池)를 만났다.

영지의 내력을 알게 된 것은 그때였다. 숨이 차올라 잠시 쉬어가기로 한 곳이 하필 영지 앞이었다. 조그만 연못 같기에 그저 그런가 보다 하다가 안내판에 소개한 영지에 얽힌 전설을 읽고선 한동안 얼어붙은 그곳을 멀거니 바라보았다. 안내판의 전설은 이러했다.

> 대가야국의 허황후는 김수로왕과의 사이에서 많은 자식을 두었는데 그중 일곱 왕자가 허황후의 오빠인 장유화상의 수행력에 감화되어 처음 입산수도한 곳이 가야산 칠불봉이었다. 속세를 떠나 불문에 든 아들의 안위가 걱정이 된 왕비가 이곳을 수차례 찾아와 만나고

자 했다. 그러나 이미 발심 출가하여 세상을 잊은 지 오래인 일곱 왕자를 만날 수 없자 왕자들이 수도하고 있는 봉우리가 그림자 져 비치는 이 연못에서 그 그림자만 보고 그리움을 달래며 돌아갔다고 한다. 이후 가야산 정상 우측의 이 봉우리들을 칠불봉이라 하고, 이 연못은 그림자 못이라 하여 영지라고 부르게 되었다.

이 숲속 조그만 연못에 칠불봉이 보일 리 만무했다. 그런데도 허황후가 자식들이 있는 봉우리를 이 연못에서 발견하는 것은 그 간절한 그리움과 사랑 때문일 것이었다. 승(僧)과 속(俗)의 경계 앞에선 황후의 지위도 소용이 없었나 보다. 황후가 아니라 한 어머니로서의 그 절절한 마음이 느껴져 가슴이 뜨거워졌다. 몇천 년 전 황후가 앓았던 그리움의 병을 은수도 같이 앓고 있는 것이었다. 용맹정진은 승(僧)의 일이라지만 그리움은 어쩔 수 없는 속(俗)의 일인 것을. 간절하게 들여다보면 정말 이 연못에 그의 얼굴이 비칠까. 은수는 새삼 영지를 돌아다보았지만 얼음이 꽁꽁 언 연못엔 그림자 하나 비치지 않았다.

눈길을 헤치며 찾아간 암자였건만 거기서도 은수는 정운을 만날 수 없었다. 동안거(冬安居)를 위해 더 깊은 산속의 암자로 옮겨갔다는 것이었다. 눈이 쌓여 갈 수 없을 뿐만 아니라 갈 수 있더라도 가서는 안 된다는 것이었다. 그녀는 다시 눈길을 걸어 내려오다 영지 앞에서 쪼그려 앉아 얼음 위의 돌 거북만 바라보았다. 가슴속으로 오래된 겨울바람이 이리저리 불고 있었다.

길상탑을 지나자 날씨는 완전히 갠다. 안개는 사라지고 아침 햇살이 나뭇잎들 사이로 비쳐 든다. 바람이 불어온다. 말갛게 씻긴 잎들이 햇빛에 반짝인다. 사람의 마음도 저렇게 말갛게 씻어질 수 있다면….

드디어 영지에 도착한다. 연못을 둘러싼 나무들의 그림자가 수면 위로 드리워져 있다. 그 그림자들 사이로 은수는 얼굴 하나를 찾아본다. 그녀가 찾는 얼굴이 그의 얼굴인지 그녀 자신의 얼굴인지 이젠 그것도 모르겠다. 바람이 불고 수면이 일렁이며 그림자가 흔들린다. 어떤 것이 정말 그의 얼굴인가 아니면 나의 얼굴인가. 그도 아니면 모두 허상인 그림자일 뿐인가.

허허, 보살님. 뭘 그리 열심히 보고 계신고?

얼핏 정신을 차려보니 동자승을 거느린 노스님 한 분이 만면에 웃음을 띠고 합장을 해 보인다.

아, 아뇨. 연못이 예뻐서요.

은수는 괜히 허둥대며 합장으로 답한다.

뭐가 예쁜 게 보이나? 내 눈엔 아무것도 안 보이는데?

노스님은 놀리듯이 껄껄 웃는다.

관상을 보아하니 보살님 짐이 너무 무거워 보여. 안 그러신가?

네, 네 조금….

보살님, 하심이란 말 아시는가. 아래 하, 마음 심. 이제 그만 마음 내려놓으시게.

노스님은 또 껄껄 웃더니 뭐라 할 새도 없이 합장을 하고 돌아선다. 동자승이 쪼르르 달려가 스님의 손을 잡는다.

스, 스님!

은수가 급히 불렀지만 스님은 뒤도 돌아보지 않고 스적스적 걸어가 버린다. 햇살이 일렁이고 바람이 불고 새가 운다. 이 세상의 새소리가 아닌 듯하다.

비상

옥정사(玉井寺) 입구에서 포장도로를 버리고 숲길로 들어서자, 계곡의 물소리가 멀어졌다. 유월의 오전 햇빛이 연초록 녹음을 눈부시게 비추고 있었다. 키 큰 참나무 숲에서 이따금 바람이 불어왔다. 바람 속엔 풀 먹인 무명옷에서 나는 새물내 같은 숲 향기가 묻어 있었다.

산 정상으로 향하는 길은 좁지만 오붓했다. 평일이라 그런지 마주치는 등산객도 별로 없었다. 이런 호젓함을 누려본 것이 얼마 만인가. 연희는 마음이 한결 가벼워졌다. 그러나 앞서 걷고 있는 민수의 심하게 흔들리는 어깨와 절뚝이는 다리를 보자, 연희는 다시 불안해졌다. 아들 민수는 과연 정상까지 산행을 해낼 수 있을까. 아니면 중도에 탈진하여 119를 불러야 할 사태가 생기지나 않을까. 정상인도 결코 오르기 쉽지 않은 고갯길을 민수가 올라갈 수 있을지 확신이 서지 않았다.

아이가 처음 달음산에 오르고 싶다고 했을 때 연희는 당연히 펄쩍 뛰었다. 뇌성마비 장애를 가진 아이가 험한 산길을 오르겠다는 것 자체가 말이 되지 않는 소리였다. 그녀가 그러다 큰일이라도 나면 어쩌느냐고 극구 말렸지만 아이의 결심은 확고했다.

"가, 가야, 가야 해요…. 어, 엄마. …애, 애, 애기 장수가, 거, 거기서 날개가 도, 돋아 나, 날아갔대요. 거, 거길 가보고… 싶어요."

말 한마디 하는 데도 온 얼굴과 상반신의 근육을 모두 동원해야 함에도 불구하고 민수는 비틀린 입가로 흘러내리는 침을 닦아가며 그렇게 긴 문장을 힘주어 발음했다.

이건 또 무슨 소린가 싶어 자초지종을 캐물어보니, 민수가 다니는 고등학교에서 '우리 지방의 전설 알아오기'라는 주제로 수행평가 과제를 내주었던 모양이었다. 아이가 인터넷을 뒤져 제출한 과제가 바로 기장의 달음산에 얽힌 애기장수 전설이었다. 아이는 여러 전설 중에서 유독 그 설화에 마음을 빼긴 모양이었다.

아득한 옛날, 달음산 기슭에 살던 부부가 늘그막에 아이를 낳았는데, 이 아이가 어려서부터 큰 바위를 들어 집어던질 만큼 힘이 장사였다. 이 소문이 나 적국에서 자기를 죽이러 올 것을 알고 훗날을 기약하기 위해 애기 장수는 부모를 하직하고 집 뒤의 장사바위에서 겨드랑이의 날개를 펴고 달음산 꼭대기 수리봉으로 날아갔다가 그곳에서 천마를 타고 사라졌다.

전설의 내용은 그랬다. 연희는 민수가 왜 그 전설에 집착하는지 알 수가 없었다. 전설의 어떤 요소가 아이의 마음을 매료시켰는지 도무지 짐작할 수 없었다. 그러나 민수는 달음산에 오르겠다고 선언한 뒤 새벽마다 걷기 운동을 시작했다.

어이없는 일이었지만, 연희도 아이의 결심을 끝내 꺾지 못했다. 평소엔 엄마 말이라면 털끝 하나 거스르지 않는 아이지만 한 번 고집을 부리기 시작하면 도무지 말릴 재간이 없는 아이기도 했다. 아니 그보다 민수의 산을 오르겠다는 소망과 열정에 연희도 감염되고 말았다고 하는 것이 보다 정확할 터였다.

산행이 기정사실화되자 새로운 걱정이 앞섰다. 무리한 운동으로 혹시 아이에게 탈이 생길지도 모른다는 염려에 아이가 평소 다니는 병원의 김 박사에게 문의를 해보기도 했다. 김 박사는 천천히 오른다면 나쁠 건 없다는 의견이었다. 혹시 일어날지도 모를 경련 발작을 대비해 스프레이식 근육이완제를 처방해주기도 했다.

그래도 안심이 안 돼 연희는 혼자 달음산을 미리 답사해보기도 했다. 김 박사 말대로 서두르지 않고 천천히 오른다면 해볼 만한 길이란 생각도 들었다. 중간에 급한 경사면이 있긴 하지만 그리 길지는 않았다. 그 고비만 넘기면 충분히 가능하다는 자신도 생겼다.

그러나 산행을 결심하고도 문득문득 밀려오는 불안감은 어쩔 수가 없었다.

민수는 등산용 지팡이에 의지하지도 않은 채 제법 안정되게 앞서 걷고 있었다. 여전히 한 걸음 한 걸음 옮길 때마다 온몸을 흔들어야 하지만 산행 길에서 저 정도면 민수에겐 양반 걸음새였다. 아이는 가끔씩 멈춰 서서 엄마를 돌아다보았다. 그리곤 땀에 흠뻑 젖은 얼굴로 입을 한껏 벌리고 웃어 보였다. 연희는 그럴 때마다 빠른 걸음으로 다가가 아이의 얼굴을 수건으로 훔쳐주었다.

"아들, 괜찮아? 쉬었다 갈까? 너무 무리하지 말고 천천히 가. 힘들면 말해. 알았지?"

"어, 엄마. 거, 걱정 마세요. 나, 난 엄마가 거, 거, 걱정 돼요."

민수가 얼굴의 근육을 온통 비틀어 올리며 더 크게 웃어 보였다.

빈터에 도착해서 둘은 나무 그늘에 앉아 오이를 깎아 먹었다. 파란 등산모 아래 민수의 얼굴이 붉게 상기되어 있었다. 말을 하지 않고 가만히 있는 민수의 얼굴은 정상인과 다름이 없었다. 이목구비도 뚜렷하고 눈빛도 진지하고 깊어 보였다. 중학교까지만 해도 아이들에게 놀림을 당하거나 괴롭힘을 당하면 학교도 가지 않고 제 방에 틀어박혀 꼼짝도 하지 않는 일이 잦았었다. 그럴 때마다 연희의 가슴은 까맣게 타들어가곤 했다. 그러나 고등학교에 진학하고부턴 그런 일도 없어졌고 한결 의젓해졌다. 제법 엄마를 챙겨줄 정도로 어른스러워졌다. 다행히 지적 장애는 없어서 학교에서 공부도 곧잘 하는 편이었다. 육체적인 장애만 없다면…. 그런 부질없는 생각에 연희는 얼른 시선을 숲으로 향했다.

능선 길로 오르는 길목에서 연희는 기겁을 하며 발을 멈추었다. 온몸에 소름이 쪽 끼쳤다. 발 앞을 새끼 뱀 한 마리가 스쳐 지나갔기 때문이었다. 아주 가는 뱀의 몸통이 지극히 부드럽고 날렵하게 꿈틀거리며 순식간에 등산로를 가로질러 풀숲으로 스며들어 갔다. 민수가 뱀을 보지 못해 다행이란 생각을 하면서도 한 번 돋은 마음속의 소름이 좀체 가라앉지 않았다. 그건 징그러움 때문만은 아니었다. 그렇게 땅을 기면서도 군더더기 하나 없는 동작으로 제 갈 곳을 여지없이 찾아들어가는 그 거침없는 단호함 때문이었다. 다리 없이 오직 몸통의 꿈틀거림만으로 그렇게 자신만의 완벽한 세계를 살아가는 동물, 뱀이 주는 그 무성한 야생성 때문이었다.

그녀는 새삼 온몸을 흔들며 힘겹게 한 발 한 발 오르고 있는 민수의 어깨를 바라보았다. 민수에게도 그런 완벽한 자신만의 세계가 있다면 얼마나 좋을까.

능선 길에서 또 몇 번을 쉬고 둘은 드디어 최대의 장애물인 가풀막의 급경사 길로 들어섰다. 비탈은 오를수록 심해지고 있었다. 길은 좁은 경사면을 사행하며 가파르게 기어오르고 있었다. 민수의 거친 숨소리가 몇 발짝 뒤에까지 들려왔다. 연희가 차오르는 숨소리로 쉬어 가자고 소리를 쳐도 웬일인지 아이는 그 위태롭게 흔들거리는 걸음을 멈추지 않았다. 그녀는 다리에 힘을 주어 뛰다시피 기어올라 민수의 옷자락을 겨우 잡았다. 둘은 비탈길에 주저앉았다.

민수의 얼굴은 땀과 침으로 엉망이었다. 가쁜 숨을 몰아쉬며 입을 한껏 벌리고 있는 아이의 얼굴을 닦아주며 그녀는 다시 불안해졌다.

"아, 아들. 천천히 가. 쉬었다가 또 가고 해야지. 한꺼번에 다 가려고 하면 안 돼. 천천히 아주 천천히 가도 괜찮아. 제발 천천히 가자. 응?"

연희는 애원하듯이 민수의 얼굴을 두 손으로 감싸 쥐고 빠르게 말했다. 민수가 고개를 돌리며 그녀의 손을 벗어났다. 아이의 눈엔 그녀가 없었다. 웃음기가 사라진 아이의 얼굴. 그녀의 말을 받아들일 기색이 없는 아이의 눈빛은 뭔가 자기만의 생각에 깊숙이 빠져 있는 듯했다. 연희는 그 눈빛에서 문득 아이가 지금 뭔가와 싸우고 있다는 걸 깨달았다. 아이는 지금 무엇과 싸우고 있을까. 그녀는 아까 본 새끼 뱀의 꿈틀거림이 생각났다.

수리봉에 올라설 때까지 연희와 민수의 그런 실랑이는 반복되었다. 민수는 도무지 쉬려고 들지 않았고 연희는 그런 민수를 주저앉히려 애를 썼다. 마지막 계단을 걸어올라 마침내 수리봉에 올랐을 때 둘은 모두 들숨 날숨 없이 헉헉거렸다. 민수는 등산복 상의를 벗겨달라고 했다. 너무 덥고 열이 난다고. 연희는 민수의 상의를 벗겨주었다. 속옷 차림의 앙상한 몸매가 드러났다.

그때였다. 민수가 슬그머니 쓰러져버린 것은. 마치 빈 자루가 주저앉듯 그렇게 쓰러지며 온몸에 경련을 일으키기 시작했다. 연희는 너무 놀라 도무지 정신을 차릴 수가 없었다. 연희의 비명과 울음소리를 듣고 등산객 몇이 달려왔고 그녀의 배낭에서 스프레이를 꺼내 민수의 입에 뿜어 넣었다. 누군가는 119에 신고를 했다. 그러는 와중에 누군가는 몸이 이토록 불편한 아이를 여기까지 데려온 그녀의 무모함을 욕하기도 했다. 그녀는 울면서 아이의 팔다리를 주무르는 것 외에는 아무것도 할 수 없는 자신이 한없이 원망스러울 뿐이었다.

아이의 경련이 점차 가라앉는다. 연희는 눈물범벅이 된 얼굴로 아이의 이름을 불러댄다. 아이가 눈을 뜬다. 아이의 손이 조금도 떨지 않고 조용히, 정말 조용히 올라와 연희의 눈가를 훔쳐준다.

"엄마, 울지 마세요. 이제 그만 울어요. 난 괜찮아요. 이제 괜찮아졌어요. 내가 이겼어요."

웬일인지 아이는 얼굴을 일그러뜨리지도 몸을 들썩이지도 않고 또렷한 소리로 분명하게 말한다. 아니 연희의 귀에는 그렇게 들린다.

아이는 가만히 몸을 일으켜 그녀의 품에서 벗어나 일어선다. 그런데 이상하다. 민수는 아직도 연희의 품속에 있다.

민수에게서 또 다른 민수가 떨어져 나온다. 연희는 품속에서 눈을 감고 있는 민수와 일어나 걸어가는 민수를 놀란 눈으로 번갈아 본다. 이건 꿈일 거야. 일어선 민수가 조금도 흔들지도 않고 절뚝이지도 않고 걸어가 바위 꼭대기에 선다. 그러고는 그녀를 돌아보며 웃어 보인다. 그때 그녀는 민수의 두 겨드랑이에서 날개가 돋아나는 걸 본다. 조그만 싹처럼 돋아난 날개는 점차 커져 금세 석 자나 되게 자란다. 연희는 눈물에 어룽이는 눈으로 민수를 지켜본다. 날개 달린 민수는 아름답다. 완벽한 몸이다. 민수는 마침내 날개를 펴고 힘차게 퍼덕이며 날아오른다. 수리봉을 한 바퀴 돈 민수는 동쪽 바다를 향해 날아간다. 햇빛 속에 민수의 하얀 날개가 눈이 시리도록 눈부시다.

연희는 아직도 품속에 있는 민수의 손을 꼭 쥐고 있었다. 멀리 해운대 쪽 하늘에서 119 헬리콥터가 천마처럼 날아오는 게 보였다.

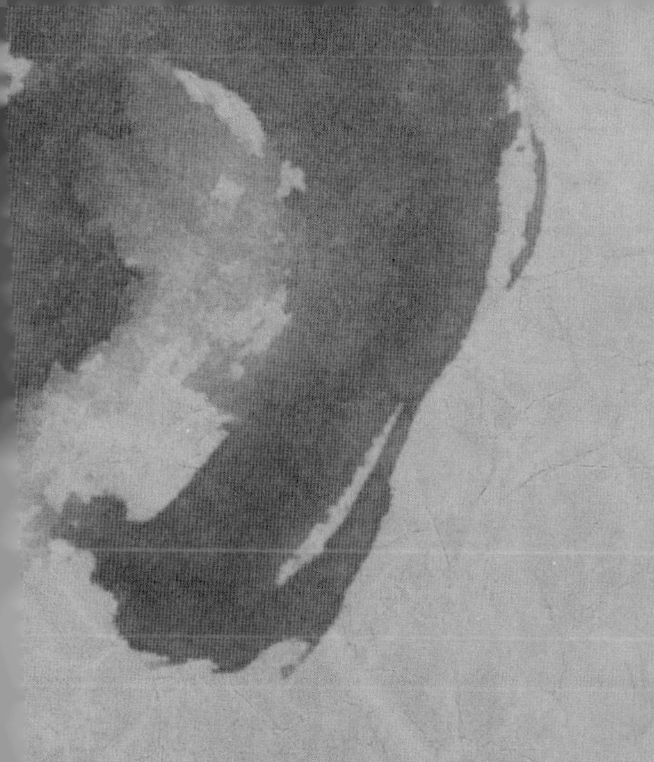

2부

병삼이의 웃음

병삼이 녀석이 교무실로 찾아왔을 때, 김 선생은 녀석을 알아보지 못할 뻔했다. 김 선생이 그를 단번에 알아보지 못했던 것도 무리는 아니었다. 언제나 주접스럽고 꾀죄죄하고 고슴도치 같은 머리를 하고 있던 녀석이 깔끔한 신사복에다 무스로 반듯하게 빗어 넘긴 머리를 한 멀끔한 신사로 나타났으니 말이다.

녀석은 학창시절, 사고뭉치로 통했다. 그랬다는 것은 녀석이 특별히 불량스러운 사고를 많이 쳐서가 아니라, 늘 장난기 많고 엉뚱한 일을 잘 저질러서였다. 또 게을러서 지각과 결석을 혼자서 도맡아 했기 때문이기도 했다. 지각으로 교문에서 붙잡혀 1교시 내내 운동장을 도는 것은 다반사

였고, 걸핏하면 아예 학교를 나오질 않는 것이었다. 결석한 다음 날 녀석이 둘러대는 변명들은 참으로 가소로운 것들이었다.

"어제 아침에 학교에 오려고 집을 나섰는데 말이죠. 글쎄 밖에 비가 오고 있지 않겠어요."

"그래서?"

"비가 오는 걸 보니까 마음이 영 싱숭생숭하더라고요. 그래서 그만 도로 집으로 들어가 자버렸어요."

김 선생은 그만 기가 꽉 막히고 말았다.

"그래, 잘했다. 이놈아. 앞으로 바람 불어도 학교 오지 말고 눈 와도 학교 오지 말아라, 잉?"

김 선생은 녀석의 머리통을 몇 대 쥐어박았고, 옆자리의 여선생들은 킥킥거리고 웃어댔다. 이후 녀석의 별명은 레인 키드(Rain Kid)가 되었다.

녀석을 결정적으로 신정고등학교의 유명 스타로 만든 것은 일명 소나무 사건 때문이었다. 당시 교문 바로 옆의 화단에 아담한 키의 소나무가 한 그루 서 있었는데, 교감선생이 몇 년을 정성들여 다듬어서 그 수형이 아주 단아하고 아름다운 정원수로 자리를 잡고 있었다. 교감 선생은 늘 출근 시에 그 소나무를 보면 기분이 그렇게 좋을 수가 없다고 입

버릇처럼 말하곤 했는데, 사실 교감 선생의 그 소나무에 대한 애정은 자식보다 못할 게 없을 정도였다. 한데 어느 날 출근을 하던 교감 선생은 그 소중한 소나무의 가지 하나가 부러져 있는 것을 발견하고 노발대발했다. 분명히 아이 놈들의 장난일시 분명하다며. 그래서 교감 선생은 당장 톱을 챙겨들고 소나무를 손질하러 교무실을 나서다가 급하게 손님을 맞이하게 되었다. 그래서 마침 근처를 지나치던 아이 하나를 불러 톱을 건네주며 소나무의 부러진 가지만 베어내라고 시켰다. 그런데 그게 교감 선생의 불행의 시작이었다. 그 아이 놈이 하필이면 병삼이였으니 말이다.

손님 접대를 마치고 소나무가 궁금해서 화단 쪽을 내다본 교감 선생은 그만 뒤로 쓰러질 뻔했다. 그 소나무가 밑둥치가 싹둑 잘린 채 덩그러니 화단에 누워 있었던 것이었다.

교감 선생이 사색이 되어 바람처럼 화단 쪽으로 달려가고 있을 때, 녀석은 임무를 훌륭히 완수했다는 기분 좋은 휘파람을 불며 톱을 휘휘 돌리며 운동장을 가로질러 걸어오고 있었다. 녀석은 교감 선생의 말을 소나무를 통째로 잘라내라는 것으로 알아들었던 것이었다.

그 덕분에 녀석은 그날 하루 종일 교감 선생 자리 옆에 꿇어앉아 있어야 하긴 했지만, 그 일로 인해 녀석은 일약 전교적으로 유명 인사가 되어버렸다. 그래서 녀석에게 또 붙여진 별명은 우든 킬러(Wooden Killer)였다.

녀석은 공부에도 별 흥미가 없었다. 수업시간에도 늘 끄덕끄덕 졸고 앉았거나 아니면 교과서 사이에 여자 알몸 사진이 가득 실린 잡지를 끼워 훔쳐보다가 수시로 선생님들께 잡혀 오곤 했다. 당연히 성적은 늘 밑바닥을 기는 형편이었다.

그래도 녀석의 장점은 선생님들의 이런저런 구박에도 불구하고 늘 웃고 다닌다는 것이었다. 꾸지람을 들을 때는 제법 심각한 표정을 짓고 있다가도 돌아서면 늘 바보처럼 싱글싱글 웃고 다녔다. 어떤 땐 그게 좀 모자라 보이기도 했지만, 그게 또한 녀석을 미워할 수 없게 하는 매력이기도 했다.

국어를 가르치는 김 선생은 아이들에게 일주일에 한자성어 몇 개씩을 외우게 하는 숙제를 내주곤 했다. 수업시간에 그걸 잘 외우고 있는지를 구두 시험을 보곤 했는데, 녀석은 그 시험에 제대로 된 답변을 한 적이 한 번도 없었다.

"제자나 후배가 열심히 노력하여 나중에 그 스승이나 선배보다 더 훌륭해지는 것을 뜻하는 것은?"

"청천벽력."

"어려운 시절을 함께 견뎌온 아내는?"

"죽고마우."

주로 이런 식이었는데, 도대체 생각이란 없이 나오는 대로 지껄이는 녀석의 대답에 교실은 온통 떠나갈 듯한 웃음바다가 되곤 했다. 그래도 녀석은 뒷머리를 몇 번 긁적이며 씩 웃고 마는 것이었다.

대학입시를 앞둔 졸업반이 되어도 녀석은 수업시간에 줄기차게 졸았다. 녀석은 1차 대학의 가장 낮은 대학의 가장 낮은 과를 지원했지만, 우리의 예상을 깨뜨리지 않고 보기 좋게 낙방하고 말았다. 한데 2차 대학에는 무슨 생각이었는지, 제법 점수가 높은 대학의 원서를 사들고 왔다. 김 선생은 기가 차서 녀석의 이마에 꿀밤을 먹여줬지만 떨어져도 좋으니 꼭 그 대학에 원설 넣고 싶다는 데야 어쩔 도리가 없었다. 한데 이게 웬일인가. 녀석이 지원한 학과가 정원 미달되는 사태가 일어난 것이었다. 녀석이 떠억허니 합격을 하여 교무실로 인사를 하러 왔다. 선생님들은 모두 녀석에게 억세게 운 좋은 놈이라고 뒤통수를 한 대씩 때려줬다. 녀석은 입이 함지박만 해져서 그저 아무나 보고 고개를 꾸벅이며 인사를 해댔다. 장난기가 동한 김 선생이 녀석에게 점잖게 물었다.

"자, 네가 1차에 떨어진 것이 오히려 오늘날의 행운이 되었다. 이런 경우를 한자성어로 뭐라고 할 수 있겠냐?"

녀석은 당장 난감한 표정이 되어 한참 동안 고민하는 눈치더니, 드디어 자신감 어린 목소리로 말했다.

"예, 진퇴양난이라 할 수 있습니다."

그날 그 자리에 있던 선생님들은 모두 배꼽이 달아나는 줄 알았다.

그러던 녀석이 멀끔한 신사가 되어 나타난 것이었다. 이제 녀석에게는 그 어떤 주접과 미련스러움과 우둔함도 보이지 않았다. 녀석은 제법 잘나가는 기업체의 중견사원이 되어 이미 사회생활의 노련함마저 보여주고 있었다. 그러나 한 가지 변하지 않은 것은 녀석의 그 웃음이었다. 김 선생은, 예전엔 바보스러워 보이던 그 웃음이 녀석의 최대의 미덕이요, 녀석이 이 세상을 살아가는 가장 큰 무기가 아닐까 하는 생각이 드는 것이었다. 녀석에게 저녁식사와 술 한잔을 대접받고 헤어지면서 김 선생은 녀석의 손을 잡고 녀석이 언제나 그 웃음을 잃지 않고 살아가길 진심으로 빌었다.

우리 아버지

우리 아버지 김대식 씨는 참말로 못 말리는 아버집니다. 우선 생김새부터 참 특이합니다. 키는 작달막해서 올해 중학생인 저보다도 작습니다. 제가 중학교에 들어와서 부쩍 큰 탓도 있긴 합니다만, 우리 아버지는 원래 키가 좀 작습니다. 게다가 배는 올챙이처럼 툭 튀어나왔습니다. 그래서 아버지가 달려가는 것을 보고 사람들은 곧잘 굴러간다고 말합니다. 내가 봐도 그건 과히 틀린 말은 아닌 것 같습니다.

우리 아버지는 허풍도 참 수준급입니다. 아버지는 옆구리에 지렁이처럼 긴 흉터가 하나 있습니다. 아버지는 그 흉터가 군대에 있을 때, 침투한 적 게릴라와 총격전을 벌이다 입은 총상 자국이라면서, 그때의 무용담을 시도 때도 없이 들려주었습니다. 그 무용담에 세뇌된 저는 우리 아버지가 세상에서 가장 용감한 군인이었음을 믿어 의심치 않았습니다. 그래서 아버지에 대한 저의 존경심은 너무도 절대적이었습니다. 한데 이럴 수가 있습니까. 그 후에 엄마에게 그 흉터가 맹장수술 자국이라는 소리를 듣고는 저는 너무나 슬펐답니다.

우리 아버지는 또 모든 일에 아는 체하고 나서기를 좋아합니다. 동네일엔 이웃집 싸움까지 참견하고 다닙니다. 하도 참견을 하고 다니니까 동네 사람들이 몇 달 전에 아예 반장을 시켰습니다. 그때부터 아버지는 더욱 더 신이 나서 동네 구석구석을 휘젓고 다니면서 온갖 간섭을 다 합니다. 쓰레기를 버리지 마라, 불조심을 해야 한다, 방범 장치가 허술하다 등등 아버지의 잔소리는 끝이 없습니다. 그래서 동네 사람들은 아버지 그림자가 저만치 비치기라도 하면 슬금슬금 꽁무니들을 뺍니다.

이렇게 남의 일에 참견하기를 좋아하는 아버지이고 보면 자신의 장자인 나의 일에는 말할 필요도 없습니다. 나의 일거수일투족은 물론, 하다못해 제 숙제까지 참견하고 나섭니다. 초등학교 때부터 아버지는 국어 수학 자연 사회 등의 숙제를 내가 어려워하면 기꺼이 대신해주곤 했습니다. 그러나 나는 그런 아버지의 도움이 별로 달갑지가 않았습니다. 아버지가 써준 답을 전적으로 믿을 수가 없기 때문입니다.

아버지의 답이 엉터리여서 선생님께 꾸중을 들은 때가 한두 번이 아니니까요. 그런데도 아버지는 중학교에 올라온 지금까지도 부득부득 제 숙제를 봐주겠다고 나서곤 한답니다. 참으로 난감한 일이 아닐 수 없습니다.

그런데 이번 경우는 좀 달랐습니다. 국어 선생님이 명작소설인 나도향의 『벙어리 삼룡이』를 읽고 독후감을 써 오라는 숙제를 내주셨습니다. 나는 이런 종류의 숙제를 끔찍이 싫어합니다. 책 읽기도 싫거니와, 글 쓰는 재주가 도통 없어서 무엇을 어떻게 써야 할지 도무지 감을 잡을 수가 없기 때문입니다. 그래서 미심쩍기 짝이 없었지만 아버지의 힘을 빌리기로 결심하게 되었습니다. 아버지는 독후감을 써달라는 제 부탁을, 이제야 아들놈이 이 아비의 능력을 제대로 알아보기 시작하는구나 하는 표정으로 흔쾌히 들어주었습니다. 그리고 정말 열심히 책을 읽고 또 열심히 노트에 글을 적는 것이었습니다. 얼마나 열심이셨던지 머리를 쥐어짜느라고 줄담배를 피우다가 엄마한테 집 밖으로 쫓겨날 뻔하기도 했습니다.

나는 아버지의 이런 노심초사의 결과물을 한 점의 의심도 없이, 한 번 읽어보지도 않은 채 그대로 선생님께 제출했습니다.

한데 문제는 그 이튿날에 일어났습니다. 국어 시간에 선생님이 제 독후감을 돌려주면서 앞에 나와 낭독하라고 하는 게 아니겠습니까. 저는 속으로 독후감을 너무 잘 써서 모범적으로 읽으라는 줄로만 알고, 아버지가 써준 게 탄로 날까 봐 가슴이 뜨끔했습니다.

"…옛날 어느 마을에 부잣집이 있었는데, 그 집에 못된 아들이 있었는데, 그 아들이 장가를 가 착하고 예쁜 각시를 맞이하였는데, 또 그 집에 삼룡이라고 하는 머슴이 있었는데…."

독후감은 '…는데'를 연속하며, 지루하게 소설의 줄거리를 늘어놓더니만, 정작 책 읽은 이의 느낌은 마지막 두 문장으로 요약되어 있었습니다.

"나는 이 소설을 읽고 불조심을 해야 되겠다고 느꼈다. 우리 모두 불조심을 하자."

내가 마지막 두 문장을 읽고 나자 교실 안엔 완전히 난리가 일어났습니다. 아이들이 책상을 쳐대며 발을 굴러가며 미친 듯이 웃어대는 게 아니겠습니까. 어떤 놈들은 눈물을 질금질금 흘려가며 웃어대었습니다. 선생님마저 웃음을 참지 못하고 채신머리없이 허리를 꺾어가며 웃고 있었습니다.

아시다시피 『벙어리 삼룡이』의 말미엔 집에 큰불이 나 주인 아씨와 삼룡이가 불길에 휩싸이는 장면이 나옵니다. 이걸 읽은 우리 아버지는 너무도 반장다운 발상을 하셨던 게지요.

그날 이후 내 별명은 졸지에 '파이어 맨', 즉 '소방수'가 되고 말았답니다. 나에게 이런 시련과 멍에를 안겨주신 아버지, 그러나 나는 그런 아버지를 사랑합니다. 언제나 모든 일에 적극적이고 쾌활한 허풍쟁이 아버지를 사랑합니다.

우리 집 그 인간

우리 집 그 인간, 아니 정확하게 말하자면 나 나옥경의 남편 봉규태 씨가, 아 글쎄 술을 끊었답니다. 이건 참 하늘이 놀라고 땅이 흔들릴 사건입니다.

두주불사, 고주망태의 대명사인 그 인간이 제법 비장한 표정으로 술을 끊겠다고 선언했을 때만 해도 나는 콧방귀도 뀌지 않았습니다. 연애시절부터 결혼 10년차인 오늘날까지 그 인간이 그렇게 금주 선언을 한 횟수가 아마 이승엽의 통산 홈런 수와 맞먹을 것이기 때문입니다.

말할 것도 없이 선언할 때마다 작심삼일에 말짱 도루묵이었지요. 어느 땐 금주를 맹세하고 나간 그날 밤에 인사불성이 되어 엉금엉금 기어 들어온 적도 있었으니 말 다했지요 뭐.

그러니 내가 그 인간의 금주 선언을 곧이곧대로 믿었겠습니까. 아, 저 인간이 연일 줄기차게 퍼마시더니 또 속이 좀 쓰린 모양이야, 하긴 그렇게 처마셔대니 속인들 온전하랴, 하고 속으로 은근히 고소해하기까지 했답니다.

아, 그랬는데, 이 인간이 참으로 무려 보름째 술내 한 올 풍기지 않은 말짱한 얼굴로 그것도 퇴근 시간에 딱딱 맞춰 집으로 들어오는 게 아니겠습니까. 그리곤 우리 막둥이인 네 살배기 딸년 경아와도 열심히 놀아주는 것입니다.

살다 보니 참 희한한 일도 다 생깁니다. 지금도 두 부녀가 안방에서 무얼 그렇게 재미있는 놀이를 하는지 딸년의 깔깔대는 소리가 부엌까지 들려오는군요. 경아 년은 아주 신이 난 것 같습니다. 아빠가 자기와 이렇게 오랫동안 놀아주는 일이 신기하기도 할 겝니다.

도대체 아빠라는 인간의 얼굴을 제대로 볼 수가 있어야지요. 이건 딸년 잠들어 있는 새벽녘에 들어와 또 딸년 눈뜨기 전에 출근해버리고 마니까 한 집에 살아도 이산가족이 따로 없습니다. 일요일마저 등산이네, 체육대회네, 야유회네 하고 미꾸라지처럼 빠져 달아나버리니 나도 꼼짝없는 과부신세이지요 뭐.

경아 년으로 말할 것 같으면 그야말로 눈 안에 넣어도 아프지 않을 우리 늦둥이 딸년이지요. 그 인간이 날이면 날마다 걸레처럼 취해 들어와 통나무처럼 쓰러져 자는 그 와중에도 천우신조로 운우지정의 기회를 얻어 태어난 귀한 딸입니다. 게다가 요게 요즘 한창 재롱과 애교를 피워댈 때라, 어느 땐 이걸 안 낳았으면 무슨 재미로 사나 하는 생각까지 하게 됩니다. 이제 막 말하기에 재미를 붙여 연신 뭐라고 재잘대며 품 안에 안겨들곤 하는 딸년을 보면 세상 부러울 게 없기도 합니다.

가만히 생각해보면, 참 그 인간만 나무랄 일도 못 됩니다. 그 인간이 워낙 술을 좋아하는 애주가이긴 하지만, 주위 환경도 그 인간을 오늘날과 같은 못 말리는 술꾼으로 만든 책임이 큽니다. 그 인간은 참으로 바쁜 인사입니다. 사람이 무골호인으로 좋다 보니 여기저기서 부르는 데가 엄청 많습니다. 그이가 총무를 맡고 있는 단체만 해도 다섯 군데가 넘습니다. 게다가 그 단체라는 게 하나같이 먹고 마시는 것을 친목의 모토로 삼고 있는 그렇고 그런 것들이지요. 못 먹어 죽은 귀신이 씌었는지 그저 모였다 하면 고기집이요 술집입니다.

그러니 그 단체들의 총무이자, 술이라면 자다가도 벌떡 일어설 위인인 그 인간이 허구한 날 술에 절어 사는 건 어쩌면 당연한 일인지도 모릅니다. 아마 일을 잘해서라기보다 술을 잘 마셔서 그 인간을 총무로 뽑았는지도 모를 일입니다.

아무튼 이런 모주꾼이 온갖 술자리의 유혹을 뿌리치고 훤한 초저녁에 집으로 슬렁슬렁 기어들어 오게 된 데는 저간의 사정이 숨어 있습니다. 그건 순전히 우리의 애곳덩어리 경아 년 덕분입니다.

이야기는 보름 전으로 거슬러 올라갑니다. 그날 우리 집 봉 씨 그 인간이 무슨 바람이 불었는지 술 마시지 않은 멀쩡한 얼굴로 일찍 집으로 왔더라구요. 그런 날은 일 년에 한 열흘쯤 되는데 그날이 바로 그런 날이었습니다.

그날 봉 씨는 평소 보기 힘든 아빠 얼굴을 각인시켜주기라도 하듯 딸년과 열심히 놀아주는 것이 아니겠습니까. 딸년이나 마누라에게 잃을 대로 잃어버린 점수를 만회해보겠다는 얄팍한 잔꾀가 들어 있는 가증스런 행태였지요.

그리고 다음 날이었습니다. 그날따라 일찍 일어난 경아 년이 아빠 출근하는데 인사를 한다며 현관 문 바깥까지 아장거리며 따라 나왔습니다. 그리고 대문을 나서는 아빠를 향해 고 앙징스러운 손을 흔들며 이렇게 인사를 하는 것이었습니다.

"아빠! 또 놀러 와!"

그 순간 그 인간의 표정을 봤어야 하는데….

그 인간은 버쩍 얼어붙은 얼굴로 딸년 얼굴만 멍하니 들여다보다가 쓴웃음을 짓는 것이었습니다. 딸년이 아빠 얼굴을 얼마나 오랜만에 봤으면 아빠가 집에 놀러온 줄 알았겠습니까. 고것 참 쌤통입니다. 나는 자꾸 실실 비어져 나오는 웃음을 참을 수가 없었습니다. 그날 이후로 그 인간이 술을 끊기로 했다니 충격이 크긴 컸나 봅니다.

하지만 그게 또 얼마나 오래 갈지는 아무도 모릅니다. 아무튼 우리 경아 년이 효녀이긴 효녀입니다.

아뿔싸

한수는 네거리 모퉁이에서 택시를 기다리고 있었다. 밤이 꽤 깊었다. 귀가를 서두르는 샐러리맨들과 취객들로 택시 정류장 근처는 붐볐고, 그날따라 택시들은 잘 와주지 않았다. 어쩌다 오는 택시도 대부분 이미 선객을 태우고 있었다. 그래서 사람들은 차도에까지 내려가 합승 방향을 외쳐대고 있었다. 한수도 오는 택시들마다 창문에다 대고 "사직동!"을 열심히 외쳐댔다. 그러자 한참 만에야 개인택시 한 대가 겨우 그의 발 앞에 멈추어 서는 것이었다.

한수는 얼른 비어 있는 조수석으로 올라타면서 뒷자리를 먼저 차지하고 있는 선객을 돌아다보았다. 그리고 그 순간, 그는 하마터면 앗! 하고 소리를 지를 뻔했다. 뒷자리에는 스몰네딧으로 보이는 젊은 아가씨가 타고 있었다. 긴 생머리에다 갸름한 얼굴과 큰 눈, 그리고 어두운 실내등에도 단연 돋보이는 하얀 피부…. 한눈에도 그녀는 한수가 그토록 만나기를 소망해왔던 이상형의 여인이었던 것이다. 한수는 온몸으로 전류가 찌르르 하고 지나가는 듯한 느낌을 받았다. 스물 하고도 아홉 해를 찾아 헤매던 그 연인이 어두운 택시의 뒷좌석에 그렇게 오두마니 앉아 있는 것이 아닌가 말이다. 그는 가슴이 뛰기 시작했고 그녀를 힐끔힐끔 뒤돌아보느라 정신이 없어서 늙수그레한 기사 아저씨가 사직동 어디까지 가느냐고 묻는 말도 제대로 듣지 못하고 있었다.

"네? 아, 예, 사직동 주공아파트 입구에 세워주시면 됩니다."

"그것 잘됐군요. 마침 우리도 주공아파트까지 가는 길이었다우."

사람 좋아 보이는 기사 아저씨가 느릿하게 말했다.

"뒷손님도요?"

"그러문요."

그가 뒷자리를 돌아보며 아가씨에게 물었지만 정작 아가씨는 말없이 미소만 보였을 뿐이었고 대답은 기사 아저씨가 대신했다.

"아가씨도 주공에 사십니까?"

한수는 다시 용기를 내서 이번에는 지명을 하듯이 아가씨에게 말을 붙였다. 그러자 아가씨는 여전히 말없이 고개만 끄덕여 보였다. 한수는 속으로 쾌재를 불렀다. 아니 이런 아가씨가 우리 아파트에 살다니, 왜 그동안 한 번도 보지 못했을까. 아무튼 그는 이것은 하늘이 드디어 자기에게 내려준 인연이 틀림없다고 제멋대로 단정까지 해가며, 어떻게 해서든 아가씨와 말을 붙일 기회를 호시탐탐 노렸다.

사실 그동안 스물아홉 살이나 먹은 총각 놈이 근사한 애인 하나 만들지 못했다고 주위에서 얼마나 구박이 자심했던가. 거기다 어머니의 등쌀에 못 이겨 얼마나 많은 선을 보러 나갔던가. 그러나 선을 본 아가씨 중에 그의 이상형은 나타나지 않았다. 아마 그 많은 아가씨들도 중소기업의 말단 사원에 지나지 않는 그가 결코 이상형으로 보이지는 않았겠지만. 선을 볼 때마다 퇴짜를 놓자 어머니는 가진 거라곤 불알 두 쪽밖에 없는 놈이 눈만 높다고 등짝을 후려쳐대곤 했다.

차는 휘황한 도심지의 네온사인과 마주 오는 자동차의 불빛들 사이를 빠져 나가고 있었다. 시간이 흐를수록 그는 초조해졌다. 무슨 수를 쓰든 아가씨의 연락처 정도는 알아두어야 한다는 강박감에 쫓기고 있었기 때문이었다. 하긴 하늘이 내려준 이 기회를 허무하게 흘려보낼 수는 없는 노릇이었다.

"손님! 죄송합니다. 주유소에 잠깐 들러 가스 좀 넣고 가겠습니다. 그동안 화장실에나 다녀오시지요."

한데 일이 되려고 그랬는지 기사 아저씨가 길옆의 주유소 쪽으로 핸들을 꺾으며 이렇게 말하는 것이 아닌가. 주유기 앞에 차를 대어놓고 기사 양반은 화장실을 찾아가는 것이었다. 그러고 보니 한수도 밑이 급해 왔다. 긴장을 하다 보니 생리 현상이 일어나는 모양이었다. 그는 급히 차에서 내려 기사 양반을 따라 화장실로 들어갔다.

한수와 기사 아저씨는 변기 앞에서 허리춤을 풀고 나란히 섰다.

"아저씨, 좀 천천히 가실 수 없겠어요?"

"나, 참. 기사 생활 삼십 년에 빨리 가자는 손님만 보았지 천천히 가자는 손님은 처음이군. 근데 왜 그러슈? 내가 난폭 운전이라도 했수?"

"아, 아닙니다. 그게 아니구요. 실은 저기, 저기 뭐냐 하문 말입니다. 에, 저기, 뒷좌석 아가씨 말입니다."

"아가씨가 왜요?"

되묻는 기사 양반의 얼굴이 순간 굳어졌던 것을 한수는 그때 눈치채지 못했다.

"그, 그 아가씨가 마음에 들거든요. 정말입니다. 저런 아가씨는 처음입니다. 첫눈에 반한다는 말을 전 믿지 않았거든요. 근데 그런 게 진짜 있나 봅니다."

"아, 그래서…?"

"아가씨 연락처라도 어떻게 알아두어야겠는데 영 방법이 없네요. 그러니 아저씨가 좀 천천히 가주시면 그동안 방법을 한번 생각해보려구요."

"그 아가씨가 그렇게 마음에 드우?"

기사 아저씨는 얼굴 가득히 재미있다는 듯한 웃음을 담아내며 허리춤을 수습하고 있었다.

"그렇다면 그럴 게 아니라 내가 대신 그 아가씨 연락처를 알아주리다. 그러면 총각은 나한테 뭘 해줄라우?"

"아, 그렇게만 해주시면 술을 한잔 근사하게 사 올리겠습니다."

"그것 좋수다. 약속은 꼭 지키는 거요? 그리고 총각은 지금부터 아무 말도 말고 구경만 하시우. 알겠수?"

기사 아저씨는 여전히 빙글빙글 웃고 있었다.

차는 다시 쌩쌩 달려 거리를 헤쳐 나갔다. 그러나 시간이 흘러도 기사 양반은 그 아가씨에게 도대체 말을 붙여볼 생각을 않는 것이었다. 한수는 속이 바짝바짝 탔지만 아무 말도 못하고 속으로만 앓고 있었다.

드디어 주공아파트 입구까지 왔어도 기사 양반은 아가씨에게 별말이 없었고, 아가씨도 아무 말 없이 차에서 내려 아파트로 걸어 들어가버리는 것이었다. 한수는 대단히 화가 났다.

"아니, 아저씨. 이게 뭐예요? 아까 그렇게 약속까지 해놓구서…."

"잔소리하지 말고 술 살 생각이나 해두구려. 참, 술값은 있소? 난 고급 술만 마시는데."

"아니, 아저씨. 그 아가씨 연락처도 알아내지도 않고 술은 무슨 술입니까?"

"허허, 다 아는 수가 있으니 따라만 와보슈."

이러면서 아저씨는 차를 아파트 주차장에 대어놓고 그를 근처 포장마차로 끌고 가는 것이었다. 그는 잔뜩 볼이 부어 기사 양반의 뒤를 따를 수밖에 없었다.

소주가 한 순배 돌 때까지도 기사 아저씨는 여전히 싱글싱글거리며 웃고 있었고, 한수는 벌레 씹는 얼굴을 하고 있었다. 그리고 술잔을 기사 양반 앞으로 거칠게 내밀며 소리쳤다.

“이제 술도 드셨으니 말씀해보시지요. 그 아가씨 전화번호가 어떻게 돼요? 진짜 알기나 해요?”

“이 총각 이거 성질 되게 급하구만. 내 딸 전화번호를 내가 모르면 누가 알까.”

“네?”

그 순간, 한수는 깜짝 놀라 자리에서 퉁기듯 벌떡 일어섰다. 아뿔싸! 그는 그제야 아까 그 아가씨가 택시비를 낼 생각도 없이 차에서 내려 가버렸단 것을 기억해냈다. 기사 아저씨는 여전히 빙글빙글 웃고 있었다.

두 도사道士 이야기

킴 도사(道士)는 오늘도 지하철 부산역에서 역 광장으로 올라가는 계단으로 출근했다. 그곳이 그의 직장이기 때문이다. 그의 옆자리에서 김밥을 팔고 있는 영주동 할머니가 아는 체를 하는데도, 그는 고개만 주억거려 보이고 맞은편 계단부터 살폈다. 아니나 다를까. 놈이 벌써 나와 양반 다리를 하고 앉아 눈을 지그시 내려 감고 어깨를 좌우로 흔들거리고 있다. 저 사기꾼 놈, 사내새끼가 대가리 꼴하곤—. 먼지와 기름때에 절어 퍼석퍼석해 보이는 긴 장발을 질끈 묶어 뒤로 넘겨 도사티를 낸 꼬락서니부터가 밉살스럽다.

그는 출구 쪽 벽에 등을 기대고 쪼그려 앉으며 들고 온 검은색 가방을 열었다. 그는 가방에서 접혀진 새우깡 상자를 꺼내 펴서 사각형으로 세워 발 앞에 놓았다. 그리곤 그 위에 신문지를 한 장 깔고 사주 책을 꺼내 아무 데나 펼쳐 놓는다. 거기다 볼펜 한 자루와 노트 한 권을 그 옆에 꺼내 놓으면 영업 준비는 완벽하게 끝나는 셈이다.

맞은편 놈과 그의 영업이란 오가는 행인들을 불러 앉혀 놓고 사주, 궁합, 손금, 관상 등을 보아주고 푼돈을 버는 일이다. 그래서 그는 부산역 근처에선 김무일이라는 본명보다 킴 도사로 통한다. 지하철에서 광장으로 통하는 계단에서 김밥이나 떡을 파는 좌판대기 아줌마들이나, 오징어나 노래 테이프를 파는 리어카 노점상들이나, 이웃 역전 골목에서 몸뚱아리를 파는 아가씨들에게까지 킴 도사라 하면 모르는 사람이 없을 정도였다. 그는 부산역 광장과 지하철역 근처에선 그야말로 터줏대감이었다. 그도 그럴 것이 이 자리에서 이 짓으로 호구지책을 삼은 지가 벌써 11년째에 접어들기 때문이다.

하지만 그에게 손님이 많은 것은 아니다. 그가 하루종일 맞이하는 손님이래야 고작 너덧 명에 불과했다. 그것도 날씨를 타는지 비가 오거나 쌀쌀한 날엔 공치는 경우가 허다했다. 그래도 그는 중절모를 쓰고 두 손을 한복의 소맷자락에 파묻은 채, 어쩌다 걸려드는 손님을 기다리는 것이다. 그러나 그에게 손님이 없는 것은, 다른 이유보다 그의 곧이곧대로의 성격 탓이라는 게 주위 사람들의 중론이었다. 도무지 손님들의 비위를 맞추질 못한다는 것이다. 이런 영업이야, 오가는 뜨내기 손님이 대부분이지만 그래도 점괘를 구설할 땐 고객들의 기분을 상하지 않게 안 좋은 것은 적당히 덮어두고 좋은 것만 말해서 복채로 내놓는 몇 푼이 아깝지 않게 해줘야 다음에도 들르는 법이거늘, 그는 좋은 쪽보단 나쁜 쪽의 점괘를 더 소상히 까발리는 편이었다.

그러한 자신의 단점에 대해서 그도 모르는 바가 아니었다. 그러나 그는 비록 이 짓으로 입에 풀칠을 하는 처지이지만, 천기(天機)를 엉터리로 발설하는 것은 그의 양심이 허락하질 않았다. 좋은 것이야 가만 내버려둬도 좋아질 것이지만 좋지 않은 것은 미리 방도를 마련하고 조심하는 것이 옳은 것이라고 그는 굳게 믿고 있었다. 그것은 그의 직업의식이라 해도 좋고 오기라고 해도 좋았다.

손님이 없다 하더라도 IMF 이후엔 오히려 손님이 늘었다. 낮이면 역광장에 일자리를 알아보려는 실직자들이 꾀어들고, 밤이면 역 대합실과 지하철 역에 노숙자들이 몰려들고부터, 돌아갈 직장도 집도 없는 따라지신세인 자신의 앞날을 점쳐보려는 실직자들이 그의 앞에 쪼그리고 앉는 횟수가 제법 늘었기 때문이었다.

그래서 수입이 쏠쏠하던 판이었는데, 지금 맞은편 계단에 그와 똑같은 자세로 앉아 손님을 기다리고 있는 놈이 나타나면서부터 그것도 말짱 도루묵이 되고 말았다. 놈은 일명 미스터 도사로 통하는 젊은 놈이었다. 어디서 굴러먹던 놈인지 근본도 알 수 없거니와, 침낭 꾸러미를 둘러메고 본래의 검은색 바탕이 탈색되어 누렇게 변한 외투를 걸치고 다니는 꼬락서니로 봐서 역 대합실의 노숙자 찌꺼기임에 틀림이 없는데, 게다가 새파랗게 젊은 놈이 그가 10여 년 동안 닦아놓은 터를 침범하고 들어온 것이었다. 지금까지 그런 치들이 없었던 것은 아니었다. 그런 치들은 경쟁이라도 하듯 그의 맞은편 목에 전을 펴보지만 대개 사흘을 넘지 못하고 제풀에 사라지곤 했던 것이다. 그렇지 않아도 가뭄에 콩나듯 하는 고객이 오랜 터줏대감인 그를 제쳐두고 신참에게 갈 리가 만무하기 때문이었다.

그러나 이번의 이 작자는 좀 달랐다. 사흘이 지나도 떠날 기미가 보이지 않는 것은 물론이고, 어찌된 셈인지 오히려 사흘이 지나면서부터 놈 앞에는 사람들이 하나둘 몰려들기 시작하는 것이었다. 그리곤 급기야 약장수 구경난 듯 놈을 빙 둘러싸고 있기가 일쑤였다. 그런데도 그의 앞에는 개미

새끼 한 마리 얼씬거리지 않으니 그는 자연히 부아가 치밀어 오르지 않을 수 없었다.

그런 사태가 벌써 몇 달째 계속되고 있으니 그는 겉으로 말은 못하고 속으로 미치고 환장할 노릇이었다. 그렇다고 허가 낸 자리도 아닌 이상 '여긴 네 터니, 당신은 다른 데 가서 알아봐!' 하고 텃세를 부려 쫓아버릴 수도 없는 처지였다. 아니, 한 번은 실제로 그와 비슷한 찍자를 붙어보지 않은 바도 아니었다.

"거 영감님, 이 IMF시대에 같이 좀 먹고 삽시다. 여기 이 자릴 영감님이 전세 낸 것도 아니지 않수. 거, 별—."

놈은 한마디로 콧방귀를 뀌며 이렇게 나왔다. 젊은 놈을 완력으로 몰아낼 수도 없고 보니 냉가슴만 치고 물러설 도리밖에 없었다.

한데 그가 가장 궁금한 것은 도대체 놈이 어떤 사기를 치기에, 사람들이 썩은 생선에 파리 꾀이듯 꾀이는가 하는 것이었다. 놈이 진짜 지리산에서 수십 년간 도를 닦은 도사가 아닌 담에야, 저나 나나 주역 몇 구절 읊어대는 솜씨일 게 뻔한데, 도대체 이유를 알 수가 없었다.

그래서 한 번은 이놈이 어떻게 하나 보자 하고 자기 전도 내버려둔 채, 사람들의 어깨너머로 놈이 하는 양태를 가만히 살펴보았다.

“하이고, 아짐씨, 말년이 겁나게 좋아부러요. 염려 탁 비끄러매 분지시오. 아드님 사업은 곧 일사천리로 풀려 나갈 참인께.”

“아따, 아재요. 아재가 참말로 실직자라 말인기요. 거 알다가도 모를 일이구마. 이런 사주는 내 평생에 첨 보는 대길사주라 쿤께 글쌓네. 아무 일 없시유. 울매 안 가서 직장 잡고 따신 밥 묵고 넥꾸다이 매고 다닐 팔잔께 쬐께만 지달리보시유.”

놈은 팔도 사투리를 익살스럽게 구사해대며 요란스럽게 무턱대고 좋은 쪽으로만 썰[說]을 풀어대고 있었다. 그리곤 공책에다 요상스런 문자를 휘갈겨대면서 화목수토금이 어쩌느니, 상극과 상생이 어쩌느니 해대며 허옇게 침을 튀겨대었다. 그러나 그가 보기엔 말년이 좋다는 아주머니는 하관이 받쳐주는 데 없이 빨라 말년이 썩 좋을 상이 아니었고, 그 ‘아재’의 사주는 상극이 둘이나 들어 있어 일생이 곤궁한 사주였다. 한마디로 놈은 개뿔도 모르는 주제에 입에서 나오는대로 지껄이며 고객들의 비위를 살살 간질여주는 것이었다. 그것은 분명 사기 행각이었다. 그런데 환장할 일은 그 말을 듣는 고객들의 반응이었다. 놈의 입에 발린 좋은 말에 흡족한 미소를 비시시 베어 물며 복채를 내어놓는 것이었다. 놈에게 손님이 꾀는 비밀이 바로 거기에 있었다.

오늘도 저녁이 다 되도록 그에게 다녀간 고객은 열도 채 되지 못했다. 그런데도 녀석 앞엔 지금도 노숙자 차림의 사내 서넛이 쪼그리고 앉아 열심히 그의 엉터리 사주풀이를 듣고 있었다. 일이 일어난 것은 바로 그때였다.

지하철 역 쪽에서 사내 하나가 술 취한 비틀거림으로 올라오더니 대뜸 놈에게 달려드는 것이 아닌가.

"야 이 사기꾼 놈아, 뭐 석 달만 지내면 취직이 된다꼬? 석 달이 아니라 여섯 달이 돼도 잠잘 곳도 없다, 이놈아."

사내는 이러면서 놈의 멱살을 꽉 쥐어 흔들더니만 기어코 놈을 허리치기로 계단 아래로 메다꽂아 버렸다. 어구구—. 놈은 처절한 비명을 지르면서 개구리처럼 널브러졌고, 사내는 그래도 분이 풀리지 않는다는 듯이 놈의 엉덩이를 발로 퍽퍽 차대면서 소리를 쳐댔다.

"니 같은 놈이 있응께 IMF가 온 것이란 말다. 쪼매만 지내모 괜찮다꼬, 끄떡없다꼬 사기를 치는 놈들이 있응께 IMF가 온 거이란 말다. 알것나? 이 사기꾼 놈아."

그는 꼼짝도 못하고 신음소리만 질러대는 놈이 고소하면서도 어쩐지 마음 한 켠이 시려왔다.

우주에서 온 편지

안녕, 내가 너의 별 지구를 방문했을 때 유일하게 내 친구가 되어주었던 아이야, 그동안 잘 있었니? 나는 너와 헤어져 우리 별로 돌아와 잘 지내고 있단다. 돌아오는 길에 너희들이 북두칠성이라고 부르는 별자리의 몇 개 별과 오리온자리, 카시오페아자리의 별에도 잠시 들렀단다. 하지만 네가 사는 지구만큼 아름다운 별은 없더구나. 그건 아마 너와의 추억이 있는 별이기에 더욱 그렇게 느꼈는지도 모르겠다.

내가 처음 우주선을 타고 지구에 다가갔을 때의 그 감동을 잊지 못하겠구나. 달 근처에서 바라본 지구는 숨이 막힐 지경으로 아름다웠단다. 파아란 바다와 초록빛 대륙과 그

위를 떠돌던 하아얀 구름은 이제껏 내가 다녀본 어느 별에서도 볼 수 없었던 풍경이었어. 그건 마치 커다란 에메랄드빛 구슬 같았어. 내가 사는 별 페르세포네도 그처럼 아름답지는 않단다. 나는 한동안 말을 잊고 지구의 황홀한 아름다움에 넋을 잃고 있었단다.

"지구에 사는 생물들은 참 복 받은 종족들이지."

그때 옆에 서 있던 우리 아버지께서 그렇게 말씀하셨지. 우리 아버지는 우주여행의 경험이 아주 많아 지구에도 이미 몇 번을 다녀오셨어. 그래서 지구에 대해서 잘 알고 계신단다. 나는 정말 옳은 말이라고 생각했어. 이렇게 아름다운 환경에서 살 수 있다는 건 신이 지구의 생물에게만 내려준 은총이란 생각이 들었거든.

그런 생각은 지구에 가까이 다가갈수록 더욱 깊어졌단다. 파도가 넘실대는 바다와 하얀 해안과 깊고 높게 주름져 있는 푸른 산맥과 온갖 식물이 자라고 갖가지 동물들이 뛰노는 들판을 바라보고 있노라면 가슴이 두근거릴 지경이었지 뭐냐.

게다가 말이지. 자세히 들여다보니 그 모든 것들, 일테면 풀과 나무와 흙과 물이 서로서로 맞물려 돌고 돌아가고 있더란 말이지. 물은 수증기가 되어 하늘로 오르고 수증기는 구름이 되고 구름은 다시 비가 되어 대지를 적시고, 흙에서 난 풀과 나무는 죽어 다시 흙이 되고 또 그 풀을 뜯어 먹고 사는 동물들도 죽어 흙이 되고 그 흙에서 다시 꽃이 피고 풀이 무성히 무성히 자라나더란 말이지. 흙의 영혼은 풀과 나무와 꽃의 영혼이 되었다가 벌레와 새의 영혼이 되고 새의 영혼은 하늘을 날다가 다른 동물의 영혼은 되고 동물의 영혼은 다시 흙의 영혼이 되는 거야. 그래서 지구의 모든 것은 영혼이 깃들지 않은 것이 없었어. 말하자면 지구는 그런 영혼들이 정교하게 맞물려 돌아가는 톱니바퀴 같은 것이었어. 그런 끝없는 순환 속에서 지구의 영혼들은 스스로 맑아지고 스스로 숭엄해지고 있었어. 그래서 나는 그런 톱니바퀴의 회전을 '숭엄한 순환'이라고 부르기로 했단다.

그런데 말이야. 이 '숭엄한 순환'을 방해하는 훼방꾼이 꼭 하나 있었어. 그건 바로 인간이라고 불리는 동물이었어. 바로 너와 같은 족속인 지구인이었지. 그들은 자신들의 욕망을 충족시키기 위해서라면 '숭엄한 순환'의 톱니바퀴를 파괴하기를 주저하지 않았어. 그들은 도시를 만들기 위해 숲을 베어내고 물길을 막고 대지를 파헤쳐버렸어. 그리하여 그 숲에 살던 수천수만의 벌레와 나무와 풀을 영혼을 영원히 죽여버리는 거야. 그들은 도로를 만들고 그 도로 위에서 자동차라는 기계를 굴리고 다녀서 공기의 영혼마저 병들게 하는 거야. 게다가 그들은 욕심 때문에 같은 종족끼리 서로를 죽이는 전쟁을 일으키기도 하더구나. 같은 종족을 그렇게 참혹하게 죽이는 종족은 인간뿐일 거야. 그들에게는 영혼이 없는 것 같아. 내 생각엔 인간이 지구상에서 가장 열등한 생물일 거야. 나는 네가 그런 인간이라는 종족에 속한다는 게 슬펐단다.

널 처음 보았을 때가 생각나. 어느 한적한 깊은 산골짜기였지. 나는 우주선에서 내려와 높은 나뭇가지에 앉아 쉬고 있었어. 잎새들이 뿜어내는 향기가 너무 좋았거든. 그런데 어떤 인간 아이 하나가 마을 쪽에서 고갯길을 넘어오더니 내가 쉬고 있는 나무 밑으로 오는 거야. 그 아이가 바로 너였지. 너는 가슴에 어떤 동물을 안고 있었어. 그 동물은 죽은 듯이 보였어. 너는 손으로 땅을 파더니 그 동물의 시신을 묻더구나.

나는 네가 어떻게 하나 하고 가만히 지켜보기만 했지. 인간들이란 위험한 족속이기 때문에 절대로 그들에게 모습을 드러내선 안 된다는 아버지의 엄명이 있기도 했어. 인간은 우리의 모습을 발견하면 기겁을 하는 지구상의 유일한 족속이라고 했어.

너는 무덤을 만들고 그 앞에 쪼그려 앉아 한참 동안 내려다보고 있더구나. 그리고 넌 손등으로 눈물을 훔쳐내는 거야. 난 그때 인간들도 운다는 사실을 처음 알았단다. 울고 있는 조그만 아이에 대한 안도감 때문이었는지, 아니면 눈물에 대한 호기심 때문이었는지 모르지만 난 나무를 살금살금 내려와 네 앞에 섰단다. 그런 날 보고도 넌 별로 놀라지도 않더구나. 숲속에서 사슴이라도 만난 양 고 초롱초롱한 눈빛을 빛내며 이렇게 물었지.

"넌 누구니? 담비를 데려가려 왔니?"

"담비가 누구야?"

나는 우리들의 뇌 속에 장착된 언어 조절기를 너희들의 말에 맞추어서 그렇게 되물었지.

"응, 내가 기르던 우리 집 토끼 이름이야. 병이 들어 그만 죽고 말았단다. 그래서 난 무척 슬프단다."

"응, 그랬구나."

"난 네가 우리 담비 영혼을 하늘나라로 데려갔다가 다시 태어나게 해주었으면 좋겠다."

"그래, 그렇게 해줄게."

나는 나도 모르게 그만 그렇게 대답하고 말았단다. 넌 정말 내가 담비의 영혼을 데리러 하늘로부터 내려온 것으로 믿고 있는 듯했거든.

그리고 우린 많은 이야기를 했지. 넌 숲속에 사는 많은 동식물들을 내게 소개시켜주었어. 덕분에 난 지구의 동식물들의 영혼에 대해서 많이 알게 되었단다. 넌 내가 알고 있는 유일하게 영혼을 가진 인간인지도 몰라. 난 너로 인해 지구의 앞날이 어둡지만은 않다는 사실을 알게 되었어. 너와 같은 맑은 영혼을 가진 인간들이 결국 지구를 구해낼 것이라고 믿어. 잘 있어. 언젠가 어른이 되면 다시 우주선을 타고 네 별을 찾아갈게. 그때까지 너도 그때 그 눈물을 잘 간직하고 있길 바라. 안녕. 페르세포네 별에서 너를 사랑하는 친구가.

작가의 말

작품이 한 권 분량에 못 미쳐 두어 편 더 추가하려고 계획했으나 사정이 여의치 못했다. 구상만 겨우 끝냈을 때 나는 이미 말하는 능력을 잃고 있었다. 구술할 형편도 못 되었다. 귀하신 안구 마우스는 자주 고장을 일으켜 미국 본사에 다녀오느라 적응할 시간이 부족했다. 이제 겨우 더듬거리며 문자나 보내는 수준이다. 그래서 하는 수 없이 스토리텔링과 콩트로 분량을 맞추게 되었다. 그럴 바엔 기존 작품에서 두어 편 골라 싣는 게 어떠냐며 콩트와 스토리텔링 싣는 것을 주변에서 적극 만류했지만 그대로 강행하기로 했다. 소설집 모양새가 다소 볼품없다 하더라도 솔직함이 더 마음 편한 노릇이다.

저간의 사정이 그렇긴 하지만 여기엔 또 다른 변명거리가 있다. 지금까지 삶을 지나치게 엄숙하게만 바라보아온 나의 엄숙주의에 대한 반성의 표현이기도 하다. 인생은 어찌 보면 별것 아니다. 우습기까지 하다. 어이없고 허망하기도 하다. 삶은 '그저 낡은 잡지의 표지처럼 통속하거늘' 무얼 바라고 그렇게 바동거리며 살았나 싶다. 삶은 콩트처럼 가벼울 뿐이다.

이 소설집으로 지금까지 써온 글의 한 단계를 마무리하고자 한다. 루게릭병이 나에게 계속적인 집필을 허락한다면 새로운 단계의 글쓰기에 도전할 것이다. 두려운 것은 내가 지레 겁을 집어먹고 스스로 투항하는 것이다. 몸이 나를 점점 옥죄어온다. 유배의 황량한 들판에서서 나는 오래 외로울 것이다. 기획 출판을 맡아주신 산지니 강수걸 사장께 감사드린다.

2014년 겨울

정태규